길 위에서 쓰는 편지
두 번째 이야기

택시에서 쓰는 비밀 일기
승객들이 그리는 마음의 지도

명업식 엮음

arte

。

프롤로그

"택시 안에 노트와 펜이 있습니다.
마음 가는 대로 적어 와서겠어요?"

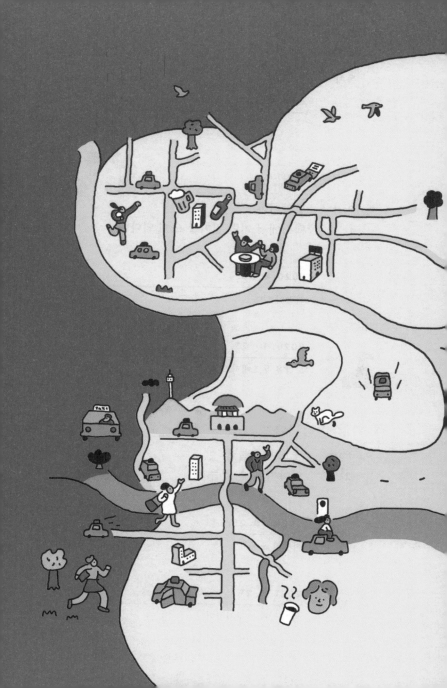

목차

프롤로그

_____

002p

O Part   깜짝이야,
   1   택시에서 이런 일기를 쓰게 되다니

2020. 6. 29.
_____
하람이 엄마   008p

2020. 10. 23.
_____
고향은 우즈베키스탄   085p

O Part   웃으며 오늘을
   2   이야기할 수 있는 날

2020. 10. 25.
_____
따뜻한 포옹   088p

2021. 5. 27.
_____
택시 안에서 두서없이   176p

o Part
3

모두모두
하루를 무사히

2021. 6. 2.

밑반찬   180p

2021. 12. 5.

상경   261p

o Part
4

바라던 그 이야기
마음껏 써 내려가라

2021. 12. 9.

선생님   264p

2022. 3. 29.

아즈아, 문가희   291p

에필로그

이야기가 만드는 기적   292p

· 이 책은 택시에 남겨주신 승객 한 분 한 분의 '오늘'을 담기 위해
 노트 원문을 최대한 살렸습니다.

○

깜짝이야,
택시에서 이런 일기를 쓰게 되다니

o

하람이 엄마

출근길이에요. 사업하는 개인사업자인데⋯⋯
매일 세 살짜리 딸을 어린이집에 떼어놓고 가려니
무거운 마음으로 출근을 합니다.
오늘 아침은 뒤척이다가 꼭두새벽부터 일어나 놀아달라는
딸아이에게 짜증까지 부려서 더욱 미안한 마음이에요⋯⋯.
언젠가 이런 엄마 마음을 딸아이가 헤아려줄 수 있는 날이
오겠지요? 그날이 기다려지면서도 천천히 자라주었으면
좋겠어요. 요즘 너무 이쁜 세 살이거든요.
언제 이렇게 자랐나 싶게 말도 좋알좋알 잘하고, 친구들이랑도
잘 놀고⋯⋯.
어느 엄마들이나 그렇듯 일을 할 때에도 다른 무언가를 할 때에도

제 세상의 중심은 아이가 되었네요. 불과 3년 전만 해도 상상도 못 해본 일이지만…… 일하며, 육아하며, 집안일까지 하느라 힘들지만 행복합니다. 부디 건강하게 밝은 아이로 자라도록 우리 부부가 키울 수 있길 바라요.
기사님! 아침부터 뜻하지 않게 설렘을 선사해주셔서 감사해요! 안전하게 운행하시고 행복하시길!

○

| 2020. |
| 6. |
| 30. |

성인

성인 된 지 2년 되었고 학교 졸업한 지 몇 개월이 지났다.
미성년자 땐 어려서 미래 생각이 없나 보다 했는데
시간이 지나도 달라지는 게 없다. 아무런 목표도, 하고 싶은
것도 없다. 하지만 시간이 지날수록 걱정은 늘어간다.
나를 걱정하는 주변 사람들 때문일까? 아님 내 스스로 늦었음을
알아서일까?
어리다는 핑계로 아무것도 노력해온 게 없다.
그렇다고 앞으로도 뭘 할 거라는 보장도 없다.
당장 조급함보단 내 스스로 느끼는 게 중요하고 무엇보다
남한테 피해 안 끼치고 사는 게 내 유일한 목표니까……
항상 부모님은 날 믿어준다 하셨으니까.

앞에 주저리주저리 썼지만 나한테 가장 고민이고 중요한 건 부모님이다. 당신들 인생을 놔두고 나만 보며 사시는 부모님. 그게 가끔씩은 부담 되지만 그래도 항상 내 선택에 유일하게 힘이 되어준다…….

○

2020.
7.
3.

막내딸

깜짝이야, 택시에서 이런 일기를 쓰게 되다니.
아산병원에서 수술 일정을 잡고 마음이 안 좋아 나와서
택시를 탔는데 갑자기 내 맘을 쏟아부을 시간이 생겨
마음이 울컥해진다. 쉰 살 넘으니 자꾸 아픈 곳이 많아진다.
이렇게 병원에 들락날락할 나이가 다가올 거라고는 생각도
못 했는데. 하루하루 생기를 잃어가는, 아흔을 바라보는
친정엄마는 자꾸 아픈 막내딸을 보며 울고…… 난 희미해지며
빛을 잃어가는 엄마를 보며 운다. 인생은 이런 건가 보다.
내 나이가 친정엄마처럼 되고 내 아들이 내 나이가 되면
우리도 서로를 이렇게 바라보겠지.
딸로서 엄마로서 씩씩해져야겠다.

○

S.Y.

어느 토요일이 지난 일요일 점심, 좋은 사람과의 만남.
만남이 있음 헤어짐이 있듯이…… 어제는 너무 우울해서 술 한잔!
너무 사랑했던 사람의 결혼 소식. 그와 비슷한 남자의 등장.
나는 그 남자를 통해 나의 사랑을 겹쳐보았다.
그것이 아님을 알기에…… 놓아주려 한다. 그래서 우울했나 보다.
항상 눈 감으면 다음 날이 없었으면 좋겠다고 생각했던 나는
요즘 살아보고 싶다.
훈아, 고마웠고 만나서 반가웠어.
빵아, 내 눈을 하루라도 더 뜨겁게 해줘서 고마워.
사랑하는 나의 엄마! 다음 생엔 내 딸로 태어나.
내가 지금보다 더 사랑해주고 보살펴줄게.

깜짝이야, 택시에서 이런 일기를 쓰게 되다니   13

모든 사람이 행복하고 건강하길 진심으로 바랍니다.
우리의 내일은 또 언제 올지 모르니…… 하루를 소중하게
생각하는 사람이 되고 싶어요!
승연아, 잘 참고 잘 살아줘서 사랑한다.

○

| 2020. |
| 7. |
| 6. |

고향 친구

나의 가장 친한 친구, 10년 지기 친구가 고향에서 올라왔다.
6년 만에 처음으로 우리 집에 왔다. 그래서 쇼핑도 하고,
방탈출도 했다. 그리고 오랜만에 술도 마셨다.
내 남자 친구랑 셋이서 재밌는 하루를 보냈다.
코로나 때문에 더 많은 곳을 가지 못한 게 아쉽다.
언제 또 이렇게 이런 조합으로 만날지는 모르겠지만
훗날 또 온다면 더 즐거운 날들을 보내자.
답답하고 숨 막히는 서울에서 네 덕분에 편안하고 아늑한
주말을 보냈어. 오늘 가로수길에서 마주쳤던 수많은
스포츠카를 떠올리며 우리도 훗날 남부럽지 않은 인생을
살아가자. 오늘도 네 덕분에 행복했어.

내 시간이 아깝지 않을 만큼.
수많은 사람 중 나의 전부를 알아주는 너를 만난 걸
난 너무나 감사해.

○

2020.
7.
8.

찰나는 행복

아침 출근길입니다. 다들 힘내시고, 건강하세요.
가끔은 그냥 내리는 비에, 스치는 바람에 힘이 들지만
또 가끔은 그게 위로가 되기도 합니다.
인생이 시련이라면 찰나는 행복이듯
늘 좋은 일들만 가득하시기를!

깜짝이야, 택시에서 이런 일기를 쓰게 되다니   17

○

2020.
7.
9.

공무원

이번 주 월요일, 시보가 끝나고 몇 년간 그토록 바랐던 공무원이
되었다. 시험에 합격했을 때에는 세상을 다 가진 것처럼
행복했는데 요즘 난 어딘가 고장 난 것처럼 삐걱거리는 것 같다.
감당하기 어려운 민원, 폐쇄적인 조직 문화, 생각도 못 한
코로나까지…… 모든 게 내 목을 감고 숨을 못 쉬게 한다.
다들 이렇게 사는 걸까? 내가 너무 나약한 걸까?
부정적이고 무서운 생각들이 날 가득 채우는 것 같다.
내가 아빠, 엄마의 자랑이라는 부모님에게 부끄럽고
실망시켜드릴까 봐 똑바로 쳐다보기가 어렵다.
행복해지고 싶다. 평범하게 살고 싶다.
가끔 하늘 보며 위로받고 친구와 술 한잔 하며 웃고 떠드는

그런 평범한 일상이 그립다.
요즘의 나는 너무 까칠하고 작고 어두워서 누구와도
어울리고 대화하기 힘들다. 내 어둠이, 내 생각이
상대방도 힘들게 할까 봐 두렵다.
다음에 이 공책을 만났을 땐 행복하게 평범하게 살고 있다고,
살아내고 있다고 꼭 말할 수 있었으면 좋겠다.

○

<table>
<tr><td>2020.</td></tr>
<tr><td>7.</td></tr>
<tr><td>11.</td></tr>
</table>

감사합니다, 하루님

"피는 물보다 진하다." 나는 이 말을 가장 싫어하는 사람 중
하나였다. 가깝다는 이유로 멀어지는 사람들이, 사연들이
너무 많다. 하지만 부정하고 싶다 한들 피는 물보다 진했다.
역시나 팔은 안으로 굽는 것이고, 오늘 우리는 넷이 함께다.
시간은 흐른다. 택시가 계속 달리듯 우리도 인생을 열심히
달려간다. 지금 이 시각 마주한 하늘, 밝은 빛, 표지판,
내 눈앞 140번 버스, 라디오에서 나오는 잔잔한 음악까지 모든 걸
기억해야지. 이 글을 쓰게 됨에 감사하며,
이 글을 보게 되었을 때의 마음이 더욱 행복한 우리를 소망하며,
오늘도 감사합니다, 하루님.

o

2020.
7.
15.

이사

20년 넘게 한자리에 있던 회사가 이사를 가요.
오늘 아침에 삼성동으로 마지막 출근을 하고
오전 근무를 한 후에 늘 다니던 테헤란로에서 점심을 먹고
지금은 새로 이사 가는 강동역으로 택시를 타고
팀별 이동 중입니다. 일주일 동안 오래된 서류를 정리하고
벽에 붙은 노트를 떼어내고 물건을 포장하면서 많은 생각이
교차했는데 여기까지 무사히 잘 일하고 잘 살아온 것이
감사합니다. 오후에는 새 사무실을 정돈하고 강동에서
첫 퇴근을 합니다. 앞으로 또 새로운 날들이 새롭게 시작될 텐데
언제나 처음처럼 힘내서 소중한 시간으로 채워나가야겠습니다.
오늘은 하늘이 참 예쁘고 공기가 맑다는 기사님 말씀에

깜짝이야, 택시에서 이런 일기를 쓰게 되다니   21

이동하는 내내 하늘을 보며 갑니다.
짧은 이동 시간을 의미 있게 보내게 해주셔서 감사해요.

2020.
7.
15.

섬유 무역부

섬유 무역부에서 이 일을 한 지가 15년이 넘었네.
어떻게 왔는지 모르겠다. 지금은 많이 내려놓았고,
평정심을 찾으리라 다짐하다가……
세상에 태어나면서부터 고통이라고 누군가 그랬던가…….
여러 취미를 가지며 살고 있다.
행복함을 느끼며 산다고 생각하면 행복한 거지…….
날씨 너무 좋다.

깜짝이야, 택시에서 이런 일기를 쓰게 되다니

o

가장

며칠 전 우연히 다른 일로 병원에 갔는데 간 김에
건강검진을 하게 됐다. 그리고 며칠 후 재검을 받으라는 연락을
받았다. 암 검사를 하고 고위험군 암으로 바뀌는 0단계.
운이 엄청 좋았다. 미리 간단히 수술하게 되면 암으로 번지는 건
막을 거니까. 급히 조직 검사 들어가야 한다는 그 순간 아이들
생각이 먼저 났다. 애들 뒷마무리를 못 해주면 어쩌나 하는……
나는 가장이다. 우리 애들은 내가 아프면 어떡하나.
눈 뜨고 일만 하고 살았다. 투잡, 쓰리잡.
오랜만에 나를 돌아보네. 한숨 고르고 가야 할 시간인가 보다.

○

2020.
7.
17.

노예 직장인

매일매일 택시를 타고 출근하는 회사의 노예! 직장인입니다.
어제는 팀장님과 술을 마시며 옆 팀장님 뒷담화를 하느라
신이 나서 만취를 했더니 지금 크게 후회 중인데요,
그래도 속이 풀려서 즐거운 금요일 출근길이네요.
오늘 하루는 다른 의미의 버티기가 필요합니다. 숙취와의 싸움!
제가 만든 말인데, '숙취는 하루지만 추억은 영원하다!'
추억을 만든 대가를 치르는 하루입니다.
제 글에서 술 냄새가 나는 것 같네요.
혹시 지금 택시 타고 회포 풀러 놀러 가시는 분들!
과음하지 말고 즐겁게 조심히 놀다 들어가십쇼!
회사에 출근은 하지만 저는 가서 투잡을 위한 딴생각을 하러

갑니다. 10년 뒤에는 마음 아픈 사람을 위한 멋있는
임상심리사가 되어 있으면 좋겠습니다.
달리는 택시에서 글을 쓰는 건 재밌고 어지럽네요!
재밌는 것 같습니다. 대신 울렁거려서 11시쯤 몰래 토할 것
같긴 하지만요! 어떤 날은 힘들고 어떤 날은 괜찮고 어떤 날은
살 만하다 싶기도 한데 꽤 괜찮은 날에 글을 쓰게 되어
다행이네용. 모두 꽤 괜찮은 보통의 금요일 되시길 바라요.
거리가 짧아서 막 쓰니까 쪼금 아쉽군요.
오늘도 잘 버티세요. 파이팅!

ㅇ

2020.
7.
21.

여드름이 한창인 아이의
엄마

며칠 만에 택시 밖의 하늘이 파랗게 높다.
오늘부터 아이의 기말고사…… 시험이 부담스러운 것은
아니지만, 어젯밤 많이 늘어난 체중에 여드름이 한창인 아이의
모습이 유독 안쓰럽게 보였다. 한때 참 이쁘고 귀여운
모습이었는데…….
항상 주변 사람들에게는 배려하고 따뜻하려 하는데
큰아이에게만은 유독 엄격한 잣대를 들이대는 것 같다.
인생의 큰 통과의례인 사춘기 시절을 겪고 있는 아이에게
마음으로부터 응원과 믿음을 줘야지, 하고 다시 한 번
다짐해본다.
오늘도 반복적인 하루가 시작되지만, 그 속에서 특별함을

깜짝이야, 택시에서 이런 일기를 쓰게 되다니

찾을 수 있는 오늘이 되길.
우리 가족 모두 여러 번 크게 웃을 수 있는 오늘이 되길.

오늘도 반복적인 하루가 시작되지만, 그 속에서 특별함을 찾을 수 있는 오늘이 되길.

깜짝이야, 택시에서 이런 일기를 쓰게 되다니

○

```
2020.
7.
21.
```

새벽 1시

이직을 준비하고 있다. 더 이상 지금 있는 회사에서 미래를
찾을 수 없을 것 같았다. 운이 없는 건지, 실력이 없는 건지,
운도 실력인 건지, 올라갈 수 있는 자리에서 자꾸 밀려나는
기분이고, 후배들한테 뒤처지는 느낌에 자존심도 상한다.
나름 10년 동안 자부심을 가지고 능력을 인정받으면서
다닌다고 생각했는데 이제 나는 끝인가 보다.
그냥 오래된 사람, 고인 물이라는 취급만 받는다.
설상가상, 만나는 남자 친구랑도 헤어졌다. 나한테 미안한
감정이 많다고, 더 잘해주지 못하고 힘들게 하는 거 같아
더 이상 만나기 힘들다고 했다. 나는 그 사람 때문에 힘든 적이
없다.

너무 좋았고 행복했고 그 사람과의 미래를 위해 힘든 회사도
꾸역꾸역 다녔다. 미안하다고 하는 건 다 핑계라는 생각이
들었고, 나는 얘기했다. 힘든 적 없는데 왜 그러느냐고,
솔직한 마음이 뭐냐고. 그랬더니 더 이상 마음이 가지 않는다고
했다, 나한테……. 상처였다. 괜히 물어봤다고 생각했다.
난 뭘까. 지금까지 나는 뭘 했을까. 일도, 사랑도, 돈도 그냥 다
놓아버리고 싶었다. 사고라도 나길 바란 적도 있다.
혼자 무언가를 하기엔 용기조차 없었다. 그래도 마음을 다잡고
큰 결심을 했다. 10년 다닌, 내 20대를 다 바친 곳을 퇴사하기로
하였고, 여기저기 면접도 보고 그 남자를 잊으려고 갖은 노력을
하고 아무렇지 않은 척, 홀가분한 척을 했다.
그렇게 한 달이 지나고 오늘 다른 곳에서 합격 연락이 왔고
소개팅도 들어왔다. 신은 나를 버리지 않는구나 생각했다.
이런 마음속 짐들을 누구에게도 털어놓지 못했다.
약해 보이고 슬퍼 보이기 싫었기 때문인 거 같다.
쪽팔리기도 하고……. 그런 말들을 여기 이렇게 적는다.
나는 오늘 이렇게 지난날을 돌아보며 새 삶을 얻은 기분이다.
너무 감사합니다.

깜짝이야, 택시에서 이런 일기를 쓰게 되다니   31

○

2020.
7.
23.

나에게 다짐

아들은 대학 입시로 분주하고, 남편은 해외에서 가장의 무게를
견디고 있다. 아직은 젊다고 하나 우린 이제 슬슬 지쳐가는 듯하다.
늘 자식과 시부모와 그 외 다른 이들을 위해 살아왔지만
이제는 나 자신도 챙겨갔으면 한다. 막상 뭘 시작해야 하고
어떻게 해야 할지 막막하지만 인생사 쉬운 일은 없을 텐데, 싶다.
아름다운 인생이라는 포장 아래 얼마나 치사하고 간사하고
비열하게 살아왔는지 모른다. 더 당하지 않으려고.
하지만 글쎄……. 행복하게 소소하게 사랑하며 꾸려가보자.
늘 나에게 다짐한다.

o

<table>
<tr><td>2020.</td></tr>
<tr><td>7.</td></tr>
<tr><td>25.</td></tr>
</table>

좋아하는 사람이 있어요

오늘 친구랑 오랜만에 곱창을 먹으면서 술 한잔 했어요.
기분이 너무 좋아요. 친구랑 인생 얘기도 하고 각자의 고민
상담도 하고, 정말 오랜만에 재미있게 놀았던 것 같아요.
저는 지금 좋아하는 사람이 있어요. 정말 많이 좋아하는데
용기가 없어서 고백을 하지 못하고 있어요.
TV에서 본 것처럼 첫눈에 반했다, 라는 말 안 믿었었는데
이 사람을 본 순간 그 말을 믿게 됐어요. 내가 뭘 먹든 뭘 하든
항상 이 사람 생각이 나고요, 자고 일어나자마자, 자기 전까지도
이 사람 생각을 해요.
좋아하는 사람이 있다는 건 정말 행운인 거잖아요.
저는 그 사람이 절 좋아하지 않는다고 해도 그 사람이 밉지 않을

것 같아요. 짝사랑하는 동안 저에게 정말 많은 설렘을 안겨줬던 사람이거든요. 정말 고마워요.

이런 감정 느끼게 해줘서 고맙고 용기가 없어서 미안해요.

이 택시를 탄 건 정말 행운인 것 같아요. 혼자 쓰면서 생각을 정리해봤어요. 그 사람한테 제 마음 전할래요.

오빠, 내가 많이 사랑해.

○

```
┌─────────┐
│ 2020.   ▓▓│
├─────────┤
│ 7.      │
├─────────┤
│ 31.     │
└─────────┘
```

만학도

지금 나이 서른. 늦은 나이 서른에 대학교 진학을 한
만학도입니다. 스물아홉 살에 외할머니, 외할아버지,
할아버지 다 보내드리고……
진짜 아홉수라 생각했는데……
불행만 있는 줄 알았는데……
그래도 행복한 일들이 많더라고요.
지금 대학교 생활을 하면서 많은 일이 있었는데
오늘 이 택시를 타면서 더 많은 일을 생각하게 되었어요.
나이 서른에도 후회되는 일들이 많구나.
조금 더 친구한테 잘해줄걸. 지금도 후회가 많이 되네요…….
앞으로 지금 있는 사람들에게 잘해야겠다는 생각이 들어요.

깜짝이야, 택시에서 이런 일기를 쓰게 되다니   35

지금, 술을 조금 많이 먹은 상태인데, 사과하고 싶은 친구가
있는데…… 이 글을 본다면, 미안하다 진광아.
볼 수 있을지는 모르겠지만 미안해.
난 다시 네가 연락해주기를 바랄게…….
내 우정, 친구잖아. 연락 기다릴게…….

ㅇ

2020.
8.
2.

세브란스 출근길

지금은 새벽 5시 10분 전. 오늘도 출근길에 오르는 택시 안.
장마라고 멈추지 않는 비 때문에 빗물이 뚝뚝 떨어지는 우산을
접으면서 피곤한 몸도 접어봅니다.
병원이라는 곳이 코로나로 인해 매일이 전쟁터라고 하지만
그전부터도 생명을 위해 노력하는 책임감은 항상 전쟁에 나가는
군인 같았어요. 비처럼 쏟아지는 눈물을 보이는 환자와
보호자 들 앞에서 최선을 다하고 본분을 다하려 하지만 사람이며
누군가의 가족이자 딸이자 누나이자 친구인 저는 의료인으로서
뿌듯하기만 하지는 않습니다.
매일 오늘은 더 나은 상태이기를, 오늘은 어제보다 나쁘지 않기를,
나의 능력이 누군가를 위해 보다 잘 발휘되기를 기도하며

깜짝이야, 택시에서 이런 일기를 쓰게 되다니   37

조마조마하게 마음을 졸이는 순간의 반복이지만,
제 힘이 닿는 데까지 진실한 마음으로 거짓 없이 임한다면
제 기도가 닿아 그들에게 전달될 것이라 믿습니다.
언제까지 이 일을 할 수 있을지 가늠할 수 없고 가끔은 너무
버겁지만, 그만두는 그날까지, 아니면 그 이후까지
초심을 잃지 않기를 바랍니다.

○

2020.
8.
3.

아빠에게

아빠에게,

아빠, 요즘 자꾸 아빠가 너무 생각나네요.
아버지라는 단어를 꺼내보지 못한 채로 어느덧 15년이
다 되어가네요…….
처음엔 믿고 싶지 않았고 받아들이기 너무 힘들었는데
지금은 많이 성장하고 발전하고 잘 지내는 중이랍니다.
너무 일찍 제 곁을 떠나셔서 많이 미웠고 원망스러웠지만
점점 한두 살 나이가 들다 보니 아빠 마음을 어느 정도
알겠어요. 어릴 때나 지금이나 아버지가 계신 친구들 보면
많이 부럽곤 합니다. 너무 그리워요…….

깜짝이야, 택시에서 이런 일기를 쓰게 되다니   39

보고 싶고 냄새도 너무 그립습니다.

이렇게 편지를 쓰게 될 줄이야. 쑥스럽네요…….

더 많이 성장해서 좋은 모습 보여드릴게요.

항상 제 옆에서 저를 지켜주시고 바라봐주세요.

많이 보고 싶어요…… 사랑합니다…… 언제나…….

ㅇ

2020.
8.
4.

엄마를 위해

이렇게 갑자기 글을 쓰려고 하니 어색하지만, 지금 나는
회사에서 퇴사한 지 일주일도 채 되지 않은 상태이다.
아직 어린 나이지만 지금 내가 무얼 해야 하고 어떤 것부터
다시 시작해야 하는지 너무 막막하고 스트레스인 것 같다.
하지만 일을 해야 하는 이유가 있기 때문에 나는
쉬고 싶어도 다시 취업을 준비해야 한다. 집안에서 요 근래
나만 돈을 벌고 있는 입장이었기 때문이다.
내가 악착같이 모아서 나중에, 아니 미래에 좋은 집에
엄마 오빠랑 같이 셋이서 행복하게 살고 싶고 편하게
돈 걱정 없이 살고 싶기 때문에 나는 대학도 포기하고
열심히 직장 생활을 하면서 돈을 모을 것이라고 다짐을

하면서 살아가고 있다.

정말 이렇게 하고 싶은 이유는 엄마를 위해, 엄마를 행복하게 해주기 위해서이다. 꼭 이루고 싶다.

2020.

8.

7.

용호야

용호야, 아직 젊다는 걸 장점으로 생각하자.
너무 늦게 시작한다고 눈치 보지 말고, 흔들리지 말고, 남자답게!
조금 늦으면 어때? 누구보다 잘 살고 멋지게 살 건데.
그런 걱정은 하지말자.
음, 요즘 많이 아프지? 허리 디스크에 무릎 수술까지 하고,
주변 사람 걱정할까 봐 잠도 못 잘 정도로 뒤척이고.
제대로 뛰지도, 누워 있지도 못하는데, 항상 건강했으면 좋겠다.
군대 문제 잘 해결하고 멋있게 갔다 와서 네가 하고자 하는 일
포기하지 말고 뺀질대지 말고 멋진 남자 친구, 멋진 아들,
멋진 친구, 멋진 사업가로 꿈을 이뤘으면 좋겠다. 힘내!

o

<table>
<tr><td>2020.</td></tr>
<tr><td>8.</td></tr>
<tr><td>8.</td></tr>
</table>

토요일

장소: 명옥헌원림, 소쇄원, 식영정, 환벽당.

장맛비가 오랜 시간 내리다 나의 즐거운 시간에 맞추어
잠깐 멈추어준 것 같아 기쁘다.
항상 누군가와 시간을 맞추느라, 아이들 보느라 떠나지 못했던
시간들— 용기 내서 혼자 한 걸음 한 걸음 내디딘 발걸음은
크나큰 행복을 가져다주는 시간이 되었다. 오늘, 지금.
움직이지 않으면 항상 그 자리이고
꿈은 꾸는 것에만 머물게 된다는 것이다.
늘 지금처럼 행복하게 살자.

깜짝이야, 택시에서 이런 일기를 쓰게 되다니   45

ㅇ

| 2020. |
| 8. |
| 12. |

센 척

나는 내 남자 친구가 세상을 살아갈 때
강한 척하는 게 싫다.
다른 사람들 모두 내 남자 친구는 강하다고 하지만 전혀 아니다.
한없이 여리고 속도 깊으며
책임감이 무척이나 중요한 사람이다.
사람이 기댈 곳 하나 없이 살아가면 마음의 병이 생기기 쉽다.
나는 적어도 내 남자 친구가 내 앞에서만큼은
마음껏 힘들어하고 투정도 부리고
얼마든지 징징거려주면 좋겠다.
그의 부정적인 감정, 생각, 다 내게 쏟아내면 좋겠다.
여전히 내 앞에서도 센 척한다.

그런데 그냥 애쓰는 모습이 사랑스러워 모른 척 넘어가준다.
비록 금전적인 문제 때문에 아직 결혼하지 못했지만
결혼 후에도 서로 돕고 사랑하며 알콩달콩 살길 바란다.
자기야! 내가 진짜 많이 사랑해.

○

| 2020. |
| 8. |
| 14. |

사랑의 눈

세상을 아름다운 눈으로 보세요.
마음가짐대로 삶은 흘러갑니다.
적을 만들고 살았던 인생이었습니다.
그러고 보니 온통 적뿐이더라고요.
앞으로는 사랑의 눈으로 사람을 보아야겠습니다.

깜짝이야, 택시에서 이런 일기를 쓰게 되다니　　　49

。

2020.
8.
19.

여자 마음을 아는 사람

카페를 지루해하는 나는 오늘 마음이 가는 이성에게서
커피를 먹자는 이야기를 듣고 커피 한 잔을 시켜
장장 세 시간이나 끝없는 대화를 주고받았다…….
다른 사람과는 달리 여자 마음을 아는 사람이라서 그런가,
왠지 모르게 마음이 쉽게 열리는 듯했다.
하지만 알게 된 지 얼마 안 되는데 마음을 여는 게 맞는지
의문이 들고 아니다, 아니다, 하는 자기최면을 걸며 집을 향해
가는 길…….
생각이 많아지는 아침이다.

○

| 2020. |
| 8. |
| 19. |

예랑이가 생각나

웨딩 촬영 사진 셀렉을 하기 위해 청담동에 왔다가
집으로 돌아가는 길에 택시를 탔다. 원래는 예랑이랑 같이
와야 하는데 어제 예랑이가 술을 진탕 먹고 들어와서
아직도 자고 있을 것이다.
많이 열받고 짜증 나지만 결혼 준비 하면서 너무 많이 싸워서
그만 싸우고 싶다.
그래서 그냥 그러려니 하고 나 혼자 왔다.
결혼하기 전에 이런저런 생각이 많이 든다고 하는데 나 또한
이게 맞는 건가 싶기도 하고, 결혼을 꼭 해야 하는 것인가 하는
생각이 들기도 하고, 이 사람이 맞나? 별생각이 다 든다.
지금 조금 비뚤어져 있나 보다.

깜짝이야, 택시에서 이런 일기를 쓰게 되다니   51

그래도 맛난 거 먹고 좋은 데 가면 예랑이가 생각나는 거 보니
이게 사랑이지 뭐 별거 있나.
오늘도 난 참는다. 휴…….

。

| 2020. |
| 8. |
| 20. |

소나무처럼

지겨웠던 장마가 끝나고 무더위가 시작됐습니다.
새벽마다 운동하는 올림픽공원은 점점 눈부신 푸르름으로
가득 차 있어요. 30년이 넘은 소나무들이 가지각색의 빛과
모양으로 멋지게 뻗어 있는데 오늘 그 소나무 가지를 다듬는
인부들의 모습을 보면서 타고난 것보다는 다듬고 관심을
가져줘야 멋진 나무가 되는구나 생각했습니다.
우리 사람들도 자신을 다듬고 나 자신에게 관심을 가지는
생활을 해서 멋진 소나무처럼 인생을 멋지게 살아가야겠습니다.

ㅇ

2020.
8.
21.

찬란한 스무 살

나는 이제 갓 성인이 된 대학생이다.
한 번도 학교에서 수업을 들어본 적이 없다.
내 찬란한 스무 살을 이렇게 보내다니 참으로 비통할지어다.
흑흑.
10일 후 개강인데 또 코로나가 터져서 학교 수업이
온라인으로 바뀌었다. 친구들…… 보고 싶었는데…….
아! 참고로 나는 지리학과생이다. 원래는 1학기 때 코로나만
아니면 답사를 다닐 예정이었는데…….
내 스무 살 돌려줘! 아님 나 내년에도 스무 살 할 거야.

○

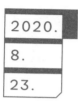

2020.
8.
23.

오후 1시 44분,
지은이에게 내가

내 인생에 확신이란 없었다. 늘 열린 결말이었을 뿐.
뭐 하나 확실히 단정 지을 수가 없었다.
사람 일은, 앞으로의 일은 그 누구도 모르기에.
하지만 널 만나곤 알았다.
내 인생의 확신은 너란 걸.
내가 내 인생에서 단정 지을 수 있는 유일한 것은 너다.

깜짝이야, 택시에서 이런 일기를 쓰게 되다니

∘

2020.
8.
24.

새벽 12시 57분

너의 연락을 받고 난 급하게 달려가.
내일 아침에 일을 해야 하는데…….
원래는 이 시간에 누가 부른다고 나가지 않겠지.
친구야, 소중한 친구야. 네가 생각하는 것보다 난 요 며칠간
너를 걱정하고 있었어. 너를 걱정하는 내 마음이 어쩌면
너에게는 그저 부담일까…… 생각하면서도…… 너와 나는
모든 것이 너무 달라서, 난 아마 너의 마음을 깊게 이해하지
못할 거야. 네 삶의 무게가 얼마나 너를 짓누르고 있는지…….
그래서 이해하는 척 힘들지? 라는 한마디도 조심스럽고 무겁다.
하지만 정말로 네가 행복해지기를 바라.
내가 지금 달려가고 있는 게 너에게 잠시나마 위안이 되기를…….

딱 2년만 노력해본다고 했잖아,
그때 너의 눈빛은 정말 진지하게 빛나고 있었어.
생생히 기억해. 2년의 끝 즈음엔 분명 좋은 일이 있을 거야.
네가 생각한 대로 흘러가든 혹은 새로운 길을 찾든…….
그러기 위해서는 네가 하루빨리 훌훌 털고 있어났으면 좋겠다.
내가 쓴 글이 어쩌면 책으로 나올지도 모른대.
책이 나오면 네게 보여주고 싶다.
그때는 네가 슬프지 않고 웃고 있기를…….
책 선물 보답으로 나에게 맥주를 사줘야 해!

깜짝이야, 택시에서 이런 일기를 쓰게 되다니

○

2020.

8.

24.

새벽 3시 45분경
허제필

사랑하는 사람과 소고기, 대게를 먹고 가는 길인데……
다른 거는 다 필요 없습니다. 이대로 맛있는 거 먹으면서……
불행한 일 없이…… 건강하고 행복한 나날만 보내고 싶습니다.
감사합니다. 봄이랑 함께하는 삶에.

○

| 2020. |
| 8. |
| 24. |

작지만 강한 예린

편지라는 것이 나에게는 항상 먹먹하기만 하다.
예전부터 소심한 성격 때문에 말실수를 하는 게 싫어
중요한 말들, 예를 들어 미안함, 고마움, 화가 날 때나
상대방이 어려울 때…… 즉 내가 입을 여는 게 힘든 상황에
써왔던 것이 편지이다…….
그래서 오늘 쓰는 편지는 나에게 쓰는 편지가 될 것이다.
어린 마음, 욕심과 상황으로 인해 학업과 일을 항상 병행해오며
하루 네 시간 자고, 불규칙한 식사에 젊고 건강한 20대를 망쳐온
예린아. 아프기도 많이 아파서 직장에서도 제일 어린 나이에
무릎도 아프고 어깨도 아프고, 고생이 많다.

두 마리 토끼를 다 잡겠다고 놓쳐온 게 너무 많아 아쉽기도 하고
괜히 열심히 살았다 싶기도 하지만, 언젠가 더 나이가 들었을
땐 그 힘들었던, 허망했던 시간 또한 너를 만들어가는
좋은 과정이었을 거라 나 스스로에게 말해줄 수 있을 거야.
더 긍정적이고 모든 경험을 후회 없이 받아들일 수 있는
내가 되어 힘든 사회, 세상 속 밝은 곳을 바라보자.
나는 충분히 열심히 살았고, 살고 있다.

○

| 2020. |
| 8. |
| 27. |

3남매 전업주부

코로나로 어린이집 못 간 셋째와 병원 진료 보고
집으로 돌아갑니다. 잠시나마 엄마와 단둘이 시간을 보낸
셋째는 기분이 좋네요.
집으로 돌아가서는 첫째, 둘째 점심을 챙겨야 하지만……
엄마는 오늘도 힘을 내 육아를 합니다.
자기 위치에서 최선을 다해 파이팅해요!

깜짝이야, 택시에서 이런 일기를 쓰게 되다니   61

○

2020.
8.
31.

유찬이 동생이 지금 배 속에

오늘 우리 아들 유찬이 얼굴과 몸에 두드러기인지 무엇에 물려
부풀어 오르는지…… 아픈 증상이 있어 병원을 방문했다.
사실 지금 배 속에 유찬이 동생이 생긴 거 같아 조심스럽기도
하고…… 병원 방문한 김에 같이 확인을 하려고 했지만
사람이 너무 많아 확인은 하지 못하였다.
오늘따라 유독 병원에 신생아들이 많았는데, 보고 있자니
내가 또다시 잘해낼 수 있을지 고민과 걱정이 밀려온다.
하지만 또 내년 이쯤엔 두 아이와 웃고 있을 수 있을 거라고
생각하며 파이팅하기로!
지금 내게 많은 힘을 주고 있는 내 가족들과 내년엔 더욱더
행복한 내일을 기다리며…….

o

2020.
9.
3.

버거운 30대

어른이 된다면 모든 게 좋을 거 같은 10대가 그립다.
어른이 된 듯하여 어른인 척하던 20대가 그립다.
어른이 되어 생각이 많아진 30대가 버겁다.
진짜 어른이 된다면 이 시간도 그립겠지…….

o

2020.
9.
5.

우리 엄마 규현 씨

2020년도 어느새 끝자락을 향해 달려가고 있네.
일어난 지 얼마 안 되어서 무슨 말로 시작을 할지 갈피가
안 잡히지만 이 길 위를 돌아다니는 수필에 우리 엄마에게
전송하는 편지나 각인시켜야겠다.
규현 씨! 사랑하는 우리 엄마. 엄마도 토요일에 일하면서
딸내미 주말에 일 간다니 그렇게도 속상해하는 우리 엄마.
엄마는 뭘 그렇게 잘 챙겨 먹는다고 연락도 자주 없는 딸한테
매일매일 진수성찬인 울 엄마.
본인이 100만 원이 있으면 101만 원을 나를 위해 쓰는 우리 엄마!
넘치는 사랑으로 엄마 없는 세상은 상상도 안 되게끔,
생각만 해도 무서울 만큼 그만치 사랑해주어서 너무 고마워.

엄마 없으면 바로 뛰어내려 죽을 거라던 말 진심이니까
건강검진 자주 받읍시다.
사랑이 뭔지 너무 잘 알게 해줘서 너무 고마워.
사랑, 헌신, 애정, 걱정에 대한 시험이 있다면 엄마 덕에
난 1등급이다.
어디 아플까 항상 걱정이야. 그니까 우리 평생 건강하자!
사랑해, 진심으로 너무!

P.S. 아빠 미안. 아빠도 사랑해ㅋㅋ

○

| 2020. |
| 9. |
| 5. |

아직도 엄마는 청춘

토요일까지 열심히 일하고 가는 퇴근길,
엄마와 함께 오랜만에 데이트를 하러 간다.
이 시국에 무슨 데이트냐 투덜대는 엄마지만 얼굴에서 웃음이
떠나질 않는 걸 보면 아직도 엄마는 청춘이구나 싶다.
오늘은 엄마를 위해 큰 선물을 준비했다.
예전부터 눈썹 문신이 하고 싶다고 노래노래를 부르셨던……
그것을 준비하였다!
새삼 엄마도 아직 여자구나 싶다. 깜짝 놀랄 엄마를 생각하면
벌써 즐겁네.
엄마, 택시비는 엄마가 내야 해—

o

| 2020. |
| 9. |
| 9. |

무작정 택시

저는 지금 새벽에…… 내가 제일 사랑하는 사람을 잡으러
이 택시에 헐레벌떡 타게 되었습니다. 500일 가까이 만났고,
너무 사랑했고, 지금도 그 사람이 없으면 안 되는, 제게는 너무
소중한 사람과 요새 자주 다투었는데…… 다투었던 내용들은
주로 별것이 아니었어요. 하지만 그는 그 와중에 너무
힘들었는지…… 제게 오늘 전화로 헤어지자고 하네요…….
저는 이 새벽에 아무것도 할 수 있는 게 없어 무작정 택시를 타고
잠실에서 정자동으로 향하고 있습니다. 저는 이 택시에 올라타서
기사님께 매우 빠르게 가달라고 요청드렸어요. 그는 지금
강남에서 정자동으로 가고 있거든요……. 제가 그보다 더 빨리
그의 집에 도착해서 그의 얼굴을 꼭 보고 싶어요.

깜짝이야, 택시에서 이런 일기를 쓰게 되다니

○

2020.
9.
9.

아침

피곤하고 똑같은 출근길에 노트에 글을 쓰려니 새롭다, 뭔가.
디자이너라는 직업이 학생 땐 참 멋있어 보였는데
막상 필드에 뛰어드니 정말 별거 없다.
사회생활 시작한 지 4년 차가 되었다.
지난 4년 동안 몸도 많이 상하고 성격도 많이 날카로워지고
어딘가 냉소적으로 변한 기분이다.
이제 치열한 필드에서 욕심을 좀 내려놓고 잠시 도망쳐서
나를 좀 돌봐야겠다.

좋아하는 것들

• 가을 아침 냄새

- 늦가을 밤 산책
- 버스에 앉아서 보는 한강
- 일요일 아침에 블루투스 스피커로 듣는 노래
- 여행 중에 만나는 새로운 사람과의 대화
- 두세 번 돌려 보는 최애 영화

○

2020.
9.
12.

또 보고 싶네

여의도로 결혼식 가는 길. 방금 너한테 지금의 사진을 보냈는데
이렇게 또 편지를 쓸 기회가 생겼네!
지금의 우리를 우리 사이가 아닌 **다른** 공간에 박제하고 있는 것
같아 기분이 신기하네.
우리 지금 많이 떨어져 있지만 **언젠간 고개만 돌려도 볼 수 있는**
날이 얼른 왔으면 좋겠다. 아주 **많은** 게 확실히 변하겠지만
너랑 함께하고 싶은 이 마음은 **지켜내야지!**
더 이상 박제할 시간이 안 남았을 **때** 너한테 고맙다고 말해야지!
사랑하는 마음 가르쳐줘서 감사**합니다아**—
쓰다 보니 또 보고 싶네!

○

2020.
9.
12.

높은 구두

이상하게 오늘은 **어른 티**를 내고 싶어서 꺼내어 신은 높은 구두.
하지만 난 아직 **어른이** 될 준비가 안 되었나 보다.
구두를 신고 걷고 **싶었던** 로망과는 달리 발이 다 까져서
택시를 선택한 **현실.** 첫 구두는 안 좋게 기억하겠지만
오늘은 이 글 덕분에 **좋게** 기억될 거 같다.

길 위에서 쓰는 편지 | 두 번째 이야기

○

2020.
9.
18.

금요일

사는 게 힘든 하루하루네요. 그놈의 돈이 뭔지.
너무 힘들어서 억지로라도 웃는데, 웃는 것도 너무 힘들다.
그래서 무작정 택시를 타고 고향으로 내려간다.
어머니의 찌개가 있는 고향으로.
이번 주말은 예전의 나로 돌아가야겠다.

ㅇ

2020.
9.
26.

아빠를 사랑하는 딸 지애가

아빠 생각을 했던 날…… 우연히 기사님을 만났다.
아빠는 우리 남매 학교 졸업할 때까지 부족함 없이
학비도 주시고 지원해주셨지만 전화 통화도 없으시고
만나자는 말씀도 없으시다.
방송사의 프로듀서로 오래 일하셨는데 사업을 하시게 된 후로
힘드신 거 같다.
내가 일을 하고 돈을 벌게 되어보니 아빠가 얼마나 힘드신지
알 거 같다.
아빠, 이제는 내가 도움이 될 수 있으니까 연락 주세요.

2020.
9.
26.

S.N.의 큰 날개

음악을 하겠다는, 유명해져 하고픈 일을 하며 살겠다는
큰 꿈을 안고 남쪽 섬에서 살던 내가 서울살이를 하러 왔었다.
나름대로의 구체적인 계획이 있었지만(공연 관람, 레슨……)
그놈의 코로나 때문에 모아둔 돈만 점점 사라져갔다.
가벼워져가는 통장 잔고 탓에 시작했던 주방 일.
내가 가진 실력에 비해 너무나도 운 좋게 월급도 오르고
팀장 자리에 앉았지만 2.5단계 격상이 되며 영업시간도 줄고
그에 따라 내 월급도 줄게 되었다. 그래서 난 다시 지방으로
내려간다. 만약 지금의 내가 능력이 있었다면 계속 서울에
있었겠지만 난 아직 초라할 뿐이었다.
조금만 더 웅크리다 더욱더 큰 날개를 펼칠 것이다.

∘

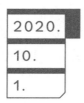

2020.
10.
1.

힘내

안녕, 잘하고 있니? 어떤지 잘 모르겠네.
많이 불안하고 힘든 거 알지. 그래도 잘하고 있어.
너무 불안해하지 마! 잘할 거야.
괜찮아. 나이도 성별도 돈도 아무것도 중요하지 않아. 힘내.

○

| 2020. |
| 10. |
| 4. |

감사

요새 코로나 때문에 힘든데 힘내세요, 기사님!
그리고 요새 다들 우울한데 그 우울함을 견디고 극복하면
고진감래처럼 쓴 뒤에 단 게 올 거예요!
저는 여자 혼자 아버지, 남동생 사이에서 10년 넘게
잘 버텨왔어요. 그래도 우리 아빠는 우리 안 버렸고
그것만으로도 너무 감사하게 생각해요.
엄마가 처음엔 원망스러웠지만 나중엔 이해했고
지금은 살아만 계셨으면 좋겠어요.
제가 제일 좋아하는 음식은 된장찌개, 맛탕, 김치, 누룽지,
민트초코. ♡

깜짝이야, 택시에서 이런 일기를 쓰게 되다니

。

2020.
10.
9.

가을빛

서울에 다녀갑니다.
가을빛을 받으며 세상 구경에 나서려 합니다.
코로나로 인하여 갑갑한 마스크에 갇혀 있지만 가을볕은
여전히 따사롭네요. 나이가 먹으니 눈에도 질환이 생겨
병원 다녀가요. 아직도 볼 것이 많으니 고쳐가며 살아야겠지요.
모두모두 건강한 몸과 마음으로 행복하길 기도합니다.

○

2020.
10.
9.

의왕 사는 혜경 올림

오늘 빨간 날인데 모르고 출근했어요!
허무하게 집 가는 길에 기사님 만나서 정말 신기해요!
집 가는 길에 서점 들러서 책 사야겠어요!
저도 두 번째 책에는 실리게 될까요?
작가 데뷔한다! 엄마 사랑해!
이 글 보시는 모두 건강하셨으면 좋겠어요!
오늘 기분 별로였는데 기사님 만나서 신기하고 기분이
좋아졌습니다! 이 글 보시는 분들도 저랑 같은 기분 느끼셨으면
좋겠어요! 요새 다들 힘드실 텐데 같이 이겨냈으면 좋겠습니다!
다들 행복하세요.♡

깜짝이야, 택시에서 이런 일기를 쓰게 되다니

o

2020.
10.
12.

새벽 2시 50분

처음 봤을 때부터 설레면서 잠시 잊고 있었던 사랑이라는
감정을 다시 한 번 믿어볼까, 하고 믿어보려 다짐했다.
사랑은 역시 타이밍이다. 차마 못 물어보겠는 의문의 여자가
눈에 띄어 혼자 오해했다. 너에게 확신을 가진 만큼 너만
바라보려 했던 믿음이 사그라들고 결국 그 감정을 잃은 채
나는 방황 중이다. 끊이지를 않는 여러 남자들의 대시, 그것이
결국 너에게로만 걸었던 걸음걸이를 여러 갈래로 나눈다.
오늘 영화를 보며 여러 생각을 했다. 마지막인 것 같은
느낌적인 느낌에 "우리 이제 어디 갈까?" 하며 늘 물어보던
나와 너는 이제 보이지 않는다. 그렇게 우리는 자연스레
너는 버스, 나는 지하철을 타러 서로의 갈 길을 간다.

늘 집 앞까지 데려다주던 너, 이제 그 마지막을 내가
장식하고자 했다. 좋은 사람, 좋은 기억만 갖고 서로의 길을
걸어 우연히라도 마주쳤을 그때, 우리는 반가워하며 웃고 있길.
그때까지 잘 지내야 해, 좋은 사람아.

○

| 2020. |
| 10. |
| 17. |

환갑 남편

결혼 30주년, 올 남편 환갑인 오늘! 그동안 고생 많은 울 남편,
원망 많은 세월이었지만 곁에 있어줘서 감사합니다.
이 세상에서 제일 소중한 남편, 건강 제일로
행복한 웃음꽃 만개하고 소원 만족의 인생 기원합니다.
고맙습니다. 감사합니다. 사랑합니다.

깜짝이야, 택시에서 이런 일기를 쓰게 되다니

○

2020.
10.
21.

하소연

에고, 음주 운전을 하여 취소 사건으로 법원에 왔는데
너무 날짜를 잘 챙긴다는 게 하루 빨리 알람을 맞춰두고,
내일이 재판 날이라고…….
회사가 바빠서 내일 휴가를 빼는 게 도저히 힘들어
재판 연기 신청을 하고 갑니다. 모든 잘못은 나로 인해 발생된
건이라 어디에도 하소연 못 하고 서울 택시 기사님의 권유로
노트에 하소연을 합니다. 벌금이 얼마가 나올지 모르지만
마음이 참 무겁고, 후회하고, 다시는 이런 일이 없도록
나 자신을 다듬어봅니다.
기사님, 안전 운전 감사합니다.

2020.
10.
23.

고향은 우즈베키스탄

한국에서 10년 넘게 살고 있는데 아직도 생활 적응 중입니다.
고향은 우즈베키스탄이지만 저는 한국 사람이랑 비슷하게
생겼습니다. 저보고 글을 써달라고 기사님께서 부탁하셨는데
한국 사람이라고 생각하시면서 부탁하시는 것 같습니다.
오늘 즐거운 금요일 아침. 예쁜 공주님 어린이집 등원시키고
저는 출근 중입니다. 매일 출근길 택시를 이용하지만 오늘은 특히
기사님 덕분에 기분이 너무 좋습니다.
모든 분들, 늘 좋은 분들만 만나길 바랍니다.
모두 건강하시고 늘 즐거운 하루를 보내시길 바랍니다.
감사합니다.

。

웃으며 오늘을
이야기할 수 있는 날

o

| 2020. |
| 10. |
| 25. |

따뜻한 포옹

안 그래도 마음을 털어놓을 곳이 필요했는데……
잠깐 타려던 택시를 의도치 않게 길게 타게 되어(경로 변경……)
이 노트를 만나게 되었다.
세상에는 참 다양한 사람들, 가족들이 있다고 하지만
나는 나에게 주어진 환경이 조금은 버거운가 보다.
우울증을 진단받고 어언 6개월……
어쩌면 이 친구는 그 시간보다도 더 길게 나와 함께했던 건지도
모르겠다.
첫째로 태어나 즐거운 일은 얼마든지 가족과 공유할 수 있었지만
힘든 일은 왜 그렇게 가족에게 털어놓기가 힘들었는지 모르겠다.
가족이 필요해서 그제, 오랜만에 지방 본가에 다녀왔다.

그동안은 잘 숨겨왔는데 어쩌다 보니 엄마가 내 가방을
보신 듯하고, 어쩌다 보니 내 약 봉투를 발견하신 듯하다.
나름대로 티 안 내고, 울고 싶을 때 밖에 나가 있고,
기분이 안 좋을 때에는 방에 콕 박혀 자는 척을 한다고
했는데…… 다 소용이 없었나 보다.
엄마는 너 하나 일로도 그렇게 벅차 하면서 엄마 힘든 건
모르냐 하셨다. 걸릴 게 없어 우울증이나 걸리고 있냐고 하셨다.
엄마도 아빠도 어릴 적 부모님과 떨어져 지내셔서
사랑을 어떻게 받는 건지, 주는 건지 잘 모르시는 것 나도 안다.
하지만 가끔은 걱정 담긴 말, 사랑 담긴 말 한마디 따뜻하게
받고 싶다. 말을 예쁘게 할 줄 모르신다는 거,
표현에 서투르다는 거 마음으로 알겠는데 나는 지금 따뜻한 말
한마디, 포옹 한 번이 너무 절실하다.

○

<table>
<tr><td>2020.</td></tr>
<tr><td>10.</td></tr>
<tr><td>25.</td></tr>
</table>

멀리서 보면 희극

어제, 동네에 사는 친구 놈과 술 한잔을 하고 출근을 하는 길이다.
오래 사귄 여자 친구와 이별을 얘기하고 집으로 돌아오는 길인데
마음이 헛헛하고 공허하다.
만 7년이라는 시간이 덧없게 느껴지는 10월, 11월이 될 것
같지만 이 시간이 길지 않았으면 좋겠다.
이 중에도 하늘은 푸른 것이 "세상은 가까이서 보면 비극이지만
멀리서 보면 희극"이라는 말이 생각나는 아침이다.
누구나 저마다의 삶과 하루들이 있지만 내게 오늘 하루는
헛헛한 하루로 느껴진다.
지나고 보니 오롯이 나를 사랑해주는 존재는 우리 부모님밖에
없다는 생각을 하며 오늘 하루도 힘을 내어본다.

올 한 해 정말 힘들고 다사다난한 해인 것 같은데
남은 두 달 남짓도 조금 더 힘내야지! 대한민국 직장인 파이팅!
아부지, 엄마, 사랑해요.

"세상은 가까이서 보면 비극이지만
멀리서 보면 희극"

웃으며 오늘을 이야기할 수 있는 날

ㅇ

| 2020. |
| 10. |
| 26. |

아직 시작이 두려운 내가

잘 지내지? SNS 보니까 아이도 건강하게 태어났더라! 축하해!
편지를 적으려고 잡아본 펜은 2년 전 그때 이후로 처음이야.
왜 네가 제일 먼저 생각나는지는 모르겠지만,
2년 동안 사람도 사랑도 못 믿고 나 스스로도 못 믿으며 지내다가
어제부로 새로운 연애를 시작했어. 네 덕분에 조금 더 진중하게
모든 사람을 대하려 했고 그래서인지 더 소중하고 특별한가 봐.
그 시간 동안의 모든 생각을 글로 풀기는 어렵지만
이왕 가장이 된 거 늘 바보같이 네가 행복하길 바랐고,
지금도 같아. 늘 행복하고, 멋진 아빠가 되길 바랄게!
너도, 나도 행복하자!
없던 일처럼!

○

대면 수업

온라인 수업만 하다가 오랜만에 아이들 대면 수업을 하니 정말
행복하다. 첫 중학교 올라와서 기쁨과 설렘이 있었을 텐데……
코로나 때문에 친구들과 만나서 수업도 못 하고 선생님들도
많이 만나지 못해서 아쉬움이 많았을 아이들…….
그래도 늦게나마 이렇게 만나서, 너희들과 직접 수업할 수 있어서
나는 너희들 가르치러 가는 길이 항상 행복하다.
비록 서로의 눈밖에 볼 수 없지만 너희들의 똘망똘망한
눈을 보면 나까지 에너지가 솟고 어려지는 것 같아서
더 잘 가르치고 싶고 하나라도 더 챙겨주고 싶어!
ㅅㄷㅇㅈ, 애들아, 사랑해.

○

2020.
10.
28.

야근하고 집 가는 길에

아빠에게,

먼저 미안해요. 같이 살고, 전화 버튼 하나면 목소리 들을 수
있는데 부끄럽다고 대화도 잘 안 하고…….
마음속으로는 늘 아빠 생각하고 항상 보고 싶어요.
이렇게 가까이 있는데 "사랑해요" 한마디 하는 게 어렵네요.
아빠 사랑해요.
아빠는 늘 제가 앞가림 잘하나 걱정하시는데 나름 잘하고 있어요.
여기저기서 부르는 곳이 많답니다.
제가 밖에서 잘하는 게 효도라고 생각하고 제 위치에서
열심히 하고 있어요.

아빠가 조금이라도 자랑스러워해주셨으면 좋겠어요.

P.S. 아, 그리고 제발 술 좀 줄이세요. 아빠 닮아서 나도
말술이잖아요.

웃으며 오늘을 이야기할 수 있는 날

。

| 2020. |
| 10. |
| 29. |

아빠 딸 올림

하늘에 계신 아빠께,

아빠! 오늘도 맑은 하늘을 나에게, 우리에게 선물해줘서 고마워.
편지,하니 누구보다 아빠가 먼저 떠올랐어.
길 위에서 쓴다니 아빠가 봐주고 있을 것 같아서. 보고 싶어!
나 한국으로 이사 와서 씩씩하게, 늘 아빠가 키워주신 대로
맑게 긍정적이게 잘 지내고 있어. 그러니 아빠도 하늘나라에서
행복했음 좋겠어. 더 이상 아프지 말고, 우리 두고 먼저 간 거
마음 아파 말고. 우리 가족 다 잘 지내니까!
그래도 항상 마음속에 늘 아빠가 존재하니까 우리 다시 만날
때까지 각자 자리에서 행복하자. 아빠, 사랑해.

ㅇ

| 2020. |
| 10. |
| 30. |

이유 없이 주는 사람

점심 식사 가는 길에 공책과 펜을 건네받았다.

외근이 많은 일이라 점심을 많이 얻어먹는데, 요즘 '공짜 밥은 없다'라는 생각이 든다. 내게 잘해주시는 분들에게 나도 어떠한 방법으로든 갚아드리고 싶다는 생각을 한다. 목적이 있어서든 비즈니스이든, 타인의 호의는 당연한 것이 아니다.

그 사람의 시간, 마음, 에너지 같은 것들, 그러한 것들을 내게 내주는 사람들에게 감사하다. 내가 더 잘해드리고 싶다.

그럴 때 나는 행복하고 뿌듯함을 느낀다.

받은 것을 갚고, 누군가에게 내가 그냥 이유 없이 주는 사람이 될 수 있는 것, 참 축복인 거 같다.

○

2020.
10.
30.

아산병원에서
SRT 타러 가는 길

유방 촬영 결과 보러 갔었는데 6개월 전에 비해 아무런 변화 없이 좋은 상태라고 1년 후에 보자고 하신다. 개운하고 뿌듯한 마음으로 나와 택시를 타고 엄마 생신 축하드리러 역으로 가고 있다. 팔순이 넘은 엄마, 암을 갖고 계시는 여든여섯 아빠. 병 없이 건강하게 오래 사시길 바라지만 나도 나이 들고 보니 세상일 중에 그게 가장 어렵다는 거를 알았다. 그래도 지금까지 두 분 모두 계셔주시니 자식들에겐 더할 수 없이 큰 선물을 주신 것 같다. 내가 아이들에게 남겨줄 수 있는 선물도 돈이나 지위가 아닌 건강한 모습으로 아이들에게 다가올 미래를 멋지게 보여주는 것 아닐까.
하늘이 참 높고 이쁘다.

○

2020.

11.

1.

너의 온기

손에 힘을 쥐고 쓴 글씨들을 지우면 흔적이 남듯이
너를 쥐고 있던 나를 놔버렸더니 너의 온기가 남았다.

웃으며 오늘을 이야기할 수 있는 날   99

○

2020.
11.
3.

을지로 7년 차 직장인

여느 때와 다름없이 이불 속에서 몸부림치다 "일어나"라는
엄마의 말씀에 출근 준비를 했다. 오랜만에 친구분들과
놀러 가시는 즐거움이 가득한 아빠를 배웅하고 7년 차 직장인의
노하우를 살려 10분 만에 샤워-세수-화장, 3 STEP 출근 준비를
마쳤다. 매일매일 퇴사하고 싶다 외치고 출근하자마자 퇴근하고
싶다고 동료들과 농담하지만, 회사에 늦을까 봐 나는 오늘도
택시를 탔다. 문득 이런 사소한 일상의 소중함이 느껴졌다.
쳇바퀴 같은 하루 속에서 『길 위에서 쓰는 편지』 택시 기사님도
만나고, '오늘 점심 뭐 먹지?' 하고 직장 내 한 시간 자유 시간을
기다리며, "오늘도 잘 잤어? 좋은 하루 보내" 하고 인사해주는
남자 친구도 있고, 서른이 넘은 딸을 매일 아침 깨워주시는

부모님까지.
요즘 세상이 다 지치고 힘들다지만, 일상의 소중함을 느끼며
오늘도 다들 힘내세요!

웃으며 오늘을 이야기할 수 있는 날

○

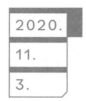

약속

이제 그만 마셔야지…… 한 9999번째 하는 나와의 약속.

○

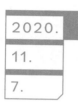

2020.
11.
7.

중국 친구

한국에서 대학원 다니는 중국 친구입니다. 일하면서 출근하는 게
조금 힘듭니다. 원래 자신이 잘 극복할 수 있다고 생각했는데
밥 먹을 시간도 없고 잠도 부족합니다. 학기 후기 논문 발표도
해야 해서 시간이 더 빠듯하겠다. 단, 자신 선택이니까.
열심히 공부하고 열심히 일도 하겠다. 열심히 살겠다.
加油 짜요!

○

| 2020. |
| 11. |
| 7. |

생각이 많은 밤

반쯤 감긴 눈…… 우린 졸리운 듯 살고 있는 것일까.
정신없는 생활과 생각이 많은 밤이 반복되는 가을을
보내며…….

○

2020.
11.
8.

좋은 날, 행복한 날

오늘 열 살 연하 남자에게 고백받았어요. 고민스럽습니다.
저는 마흔다섯 살, 그 친구는 서른다섯 살……
좋은데 만나야 할지 어떻게 해야 할지……
그도 평범한 사람, 저도 평범한 사람인데
나이 차이가 고민이 되어서…….

o

근태왕

출근길입니다. 가기 싫지만 먹고살아야죠.
나를 지켜야 주변 사람들을 더 잘 사랑해줄 수 있으니 벌어서
잘 먹고 기운 내서 주변 사람들이 쏟아준 시간들에
잘 보답해야겠다는 마음으로 몸을 일으켜 일터로 갑니다.
늦어서 택시를 탄 건 조금 그렇지만 늦지 않았다면 OK.
오늘의 근태왕이 되는 거지요!
하지만 벌써 퇴근하고 싶고 주말에 놀러 갈 곳을 찾고 있습니다.
놀려면 일해야 해…… 힘내요 우리…….

ㅇ

2020.
11.
12.

고집불통 J.M.

또 지각이다, 또 지각이야. 밤에 잠이 안 들어 동트는 걸 보는
일상, 아침에 일어나도 일어나지지 않아 늦는 날들.
예쁘게 차려입고도 일찍일찍 다녔는데……
왜 이렇게 되어버린 걸까. 무엇을 피하고 싶은 걸까.
업체로 출근할 때에는 늘 집을 지나간다. 엄마 아빠의 집.
내가 살던 집. 서울에서 독립한 지 1년이 지났다.
고집불통 딸내미 믿고 내보냈는데, 이 앞을 지나갈 때
부끄럽지 않도록 오늘은 머리 숙여 사과하고 내일은 머리 들고
출근해야지. 피하고 싶은 게 뭔지도 모르는 거 보면
피하고 싶은 게 없는지도 모르지. 할 수 있다. 난 할 수 있다.

웃으며 오늘을 이야기할 수 있는 날

○

부모님 생각

요즘 하루하루 힘들고 피곤한 하루를 보내면서 부모님 생각이
많이 난다. 부모님도 이런 못난 나를 키우시면서 얼마나
힘들었을지 그 마음 조금이나마 이해할 수 있을 거 같다.
이른 나이에 세상을 떠나신 부모님. 꿈에서라도 한번 보고 싶은
부모님. 우리 부모님이 나에게 해주신 것처럼 나도 아이들에게
잘하고 있는 걸까? 목숨도 아깝지 않은 내 두 딸 아영, 나영,
사랑한다. 아빠 없이 혼자 키우니 조금은 힘이 들지만 그래도
우리 딸들 생각하며 엄마가 열심히 벌고 있으니 우리 조금만
힘내서 잘 살아보자.

o

2020.
11.
15.

사춘기 딸

요즘 딸이 사춘기라 관계가 안 좋다. 잘 지내고 싶은데
참 어렵다. 이따 딸 친구들이 과제 하러 처음 오는데 잘 챙겨줘서
딸의 마음이 좀 더 좋아졌으면 하는 바람에……
딸기 사러 가는 길이다…….
나도 아직 덜 큰 것 같은데…… 딸을 키우니 더 힘든 듯하다.
나중에 웃으며 오늘을 이야기할 수 있는 날이 오기를…….

P.S. 모든 부모님들, 파이팅!

○

2020.
11.
19.

시

거울

황인자

새로운 것들이 생긴다.
그리고 적응한다.
마치
있던 것들처럼

○

소영 님

서른세 살, 한국 여성, 싱글, 직장인, 우리 집 딸.
나의 정체성에 대해 쓴다면 이 정도의 키워드. 하지만 세상에서
불리는 건 "야", "저기", "너", "그쪽". 가끔은 나를 낮게 하는
존재들에 의해 자존감이 떨어지고 의구심을 품을 때가 있지만
소영아— 소영 님, 애정 있게 불러줘.
나의 존재를 느끼게 해주는 사랑스러운 부름이
나의 자존감을 키워준다. 우리 모두 삭막한 세상 속에서
누군가를 차갑게 부르지는 않는지. 모두가 말에 사랑이 넘치길.
그런 존재로 인정받길.

웃으며 오늘을 이야기할 수 있는 날

°

2020.
11.
21.

내 세상이 끝난 줄

사람 사는 게 생각대로 되면 참 좋겠는데 그게 세상에서
제일 어렵다. 이혼이라는 아픔을 겪었지만 내 세상이 끝난 줄
알았는데 그게 또 아니더라. 날 사랑해주는 남자를 만나서
다시 또 웃고 있더라. 시간이 해결 못 해주는 건 없었다.
슬픈 일이 있으면 다시 또 좋은 일도 있더라.
그래서 참 인생이 재밌다.

o

2020.
11.
27.

다 나았다, H.I.

2년 반 동안 교통사고로 고생한 후에 교수님 두 분께
이제 1년 뒤에 봐도 되겠다는 말씀을 들었어요.
홀가분한 기분으로 택시를 탔는데 운 좋게 편지 쓰는 택시에
당첨이 되었네요.
이제는 휠체어도 안 타고 목발도 없이 정상적으로 생활할 수
있게 돼서 너무 행복해요. 옆에서 매일 고생하신 엄마 아빠께
너무 감사하고, 앞으로는 건강하게 행복하게 살 거예요!
아픈 사고 끝에 다 나았다는 말을 들은 날 병원을 나오면서
이런 선물 같은 택시에 탄 게 정말 행운이라고 생각해요!
모두모두 코로나 조심하시고 행복하세요! 엄마 아빠, 사랑해요.

o

| 2020. |
| 11. |
| 29. |

엘리나

오늘 나는 평생에 한 번 있는 중요한 날이다.
이 중요한 행사에 『길 위에서 쓰는 편지』를 쓸 수 있음에
신기하고 감사하다.
대신, 대감맞이 굿을 한다. 내 나이 스물일곱 살.
인간이 아닌 신과 먼저 결혼하지만, 후회는 없다.
5년을 방황했고 고민한 만큼, 어려운 사람을 살려주고
도울 수 있음에 항상 감사하며 살 수 있기를 바라본다.

○

| 2020. |
| 12. |
| 2. |

도루묵

출근 준비 중에 TV에 도루묵 철이라며 도루묵이 나왔다.
지금 같이 도루묵을 먹으러 가고 싶지만 난 출근을 해야 한다.
코로나가 빨리 끝나서 도루묵을 편히 먹으러 동해에 가고 싶다!

○

2020.
12.
3.
집에 가는 길의 L.K.

나는 마지못해 살아가는 사람이다.
항상 하루에 한 번 주문처럼 외우는 말이 있는데……
나답게 '나'로 살아보고 싶다.
내 이름으로 불리며 당당한 나로 살아보기,
그날이 빨리 올 수 있기를.
내가 좋아하는 옷을 입고,
하고 싶은 머리를 하고,
사랑하는 사람들과 웃을 수 있길 매일 기도한다.
그래도 내 인생이라 열심히 살아본다.
가끔 사는 게 힘들어 마음의 병이 와버린 사람들,
삶을 포기하려는 누군가에게 하고 싶은 말……

나도 바닥까지 찍어봤는데 문득 그런 생각이 들더라고요.
아니, 여태 이렇게 힘들게 살았는데 억울해서 한 번쯤은
잘 살아봐야지 내가 왜 벌써 가? 억울해. 죽을 용기로 살자.
우리보다 더 지옥을 살아가는 사람들이 넘쳐나니 그나마
이 정도라 다행이다 생각하자.
이런 안타까운 생각을 하기엔 난 똑똑하고 너무 이뻐!

○

| 2020. |
| 12. |
| 5. |

미주

사랑하는 내 친구 지연아, 무슨 말을 꺼내야 할지 모르겠다.
너의 선택에 토를 달 순 없지만 너무너무 보고 싶어.
한편으론 너무 밉지만 거기선 행복했으면 좋겠다.
너의 힘든 부분 못 알아주어서 미안해. 평생 잊지 않을게.
아프지 마, 정말로.
더 이상 아프지 않고 행복하기를…….

○

2020.
12.
5.

스물아홉의 아란

책에 내 글이 활자로 남겨진다니 솔직한 마음을 다 털어내기보다,
조금 더 정제된 마음으로 글을 남겨봐야겠다.
이제 괜찮다, 다 되었다 싶었는데 인생은 흔들리는 밧줄 속
정진인가 보다.
이렇게 또 흔들리는 리듬에 맞추어 앞을 나아가다 보면
그 흔들림 속 내가 원했던 본질과 가까워지겠지.
더욱더 세차게 불어라.

○

2020.
12.
12.

스물아홉 평범한 직딩

오늘 꿈에 전에 키우던 강아지의 '똥'이 나왔다.
꿈에서 똥을 보면 좋은 일이 일어난다길래 내심 기대하고
있었는데, 지금 이렇게 특별한 『길 위에서 쓰는 편지』의
한 장을 채우고 있다니 길몽인 게 분명하다.
택시 기사님의 이야기를 들어보니 세상엔 분명 나보다 멋진
분들이 가득한 것 같다.
길어봐야 한 시간, 짧으면 5분, 한 사람을 만나고 스치는 시간,
그 시간들이 모여 이뤄내는 이야기는 얼마나 멋질까?
이 책은 꼭 사서 읽어봐야겠다.
책에서 내 글이 나오면 정말 신기하겠지?

웃으며 오늘을 이야기할 수 있는 날

º

2020.
12.
13.

박병찬에게 조민상이

2020년 12월 13일의 내가 2020년 3월 9일의 너에게,

병찬아, 3월 9일 그날 이후 너의 시간이 멈춘 것 같겠지만,
우리들은 늘 너를 생각하며 많이 모이고 여행을 자주 가며
너와의 시간을 보내고 있어. 우리들은 3월 9일 장례식장에서
만난 인연을 이어가며 서로 힘들 때 도와주고, 모여서 너의
빈소도 찾아가고, 너와 다녔던 맛집도 가고, 서로 촬영도
도와주고, 그중에 커플도 생겼다? 너무 잘된 일인 거 같아.
우린 이런 식으로 너와 늘 함께하고 있다.
네가 그 일이 있기 전, 우리 집에 놀러 온다는 약속 했었잖아.
결국 지금은 집 앞에 우리 가족이 함께 샐러드 가게까지 열었다!

우리들은 여기서 파티도 하고 더 자주 모일 수 있게 됐어.
네가 우리가 모인 자리에 한 번은 왔기를 바라며,
우리는 늘 함께 있다. 그게 너도 나같이 얼굴 보기 편하잖아.
여기에서도 우리에게는 너와의 시간이 가고 있으니,
앞으로도 잘 지내보자. 늘 힘이 되어주어서 고마워.

웃으며 오늘을 이야기할 수 있는 날

о

<table>
<tr><td>2020.</td></tr>
<tr><td>12.</td></tr>
<tr><td>18.</td></tr>
</table>

L.C.W.와 동생

사촌 언니네 놀러 왔다가 집에 가고 있다.
더 빨리 나왔어야 했는데 동생이 급똥을 싸느라 늦어버렸다.
이 아이는 잔소리를 해도 안 통한다. 힘들다.
이 일기를 쓰는 와중에도 옆에서 까불까불 뭐라고 한다.
시끄럽다. 앞으론 동생이 똥은 미리미리 쌌으면 좋겠다.
아, 그리고 우리 엄마 아빠, 사랑해요.

º

12월의 끝자락

2020.
12.
20.

대충 세수하고 옷 입고 나왔더니 택시에서 편지를 쓰게 되었다.
심지어 긴 치마 밑에는 잠옷 바지 입고 나왔다…… 참 미치겠네.
편지 쓰는 게 오랜만인 듯싶다.
12월의 끝자락에 내 모습은 참 정신없고 곤궁에 몰린 듯하다.
매일마다 넘어야 하는 허들은 끝도 없고 머리가 아프다.
하지만 너무 싸늘한 모습만 있는 것은 아니다.
따뜻하고 아늑한 집이 있고 통장은 오랜만에 두둑해졌고
좋아하는 일도 간간이 하고 있다.
2021년에는 이 작은 만족감들이 온몸 전체를 물들이기를
바라고 있다.

○

| 2020. |
| 12. |
| 20. |

엄마가 너무 보고 싶다

간만의 외출이다. 혼자 밥 먹고 청소하고 집에만 있다 보니
엄마가 너무 보고 싶어져 이렇게 나왔다. 엄마는 대체 어떻게
가족을 먹이고 달래주고 안아준 건지. 나 혼자서도 버티기 힘든
시간들 속에서 엄마에게 미안하기도 고맙기도 하고, 너무 그립다.
다시는 우리 가족 넷이 함께 행복할 수 없는 걸 알지만
각자 행복하면 그걸로 충분한 일 같기도 하다.
힘들고 슬퍼서 엄마가 너무 보고 싶다고 누구에게도 말하지
못했지만 이렇게 어딘가 우연찮은 계기로 내 마음을
흘려놓고 가니 왠지 모를 위안이 된다.
나의 사랑하는 가족, 친구, 그리고 지수야, 사랑 안에서 행복하자.

o

| 2020. |
| 12. |
| 27. |

엉킨 실

갑자기 편지를 쓰려니 네 생각이 참 많이 나.

우리가 20년 동안 함께했던 추억이. 잘 지내고 있니?

나는 사실 아직도 네 생각이 나. 우리가 조금만 양보했더라면,

조금만 배려했더라면 그런 일은 없었겠지?

시간이 주는 익숙함에 점점 서로를 배려하며 대하지 못했던 건

아닐까? 그런 생각이 든다.

낯선 택시에서 왜 익숙한 네가 생각났을까?

이 엉킨 실을 잘 풀 수 있을까 걱정된다.

기다려. 곧 다시 풀러 갈게.

웃으며 오늘을 이야기할 수 있는 날

○

2021.
1.
6.

날씨 맑음

우리 딸 태어난 지 1000일 되는 날.
비록 엄마가 일하느라 같이 못 있어주지만 엄마가 언능 가서
맛있는 것도 해주고, 이쁜 옷, 뽀로로 장난감 사다 줄게.
우리 딸 설아, 앞으로도 건강하고 행복하게 엄마랑 평생 함께하자.
사랑해.

○

2021.
1.
8.

스타트업의 현재 & 서영

오늘은 드디어 서울 세일즈! 지방 아니어서 너무 좋아.
이번 연도에 『천명』 시리즈 A 받고 바쁘지만
정신적, 신체적으로 건강한 1년 보낼 수 있길!

P.S. 내 옆에 있는 우리 현재 님 연애 꼭 할 수 있게! 나는 잘
지낼 수 있게!

○

<table>
<tr><td>2021.</td></tr>
<tr><td>1.</td></tr>
<tr><td>16.</td></tr>
</table>

전생 자스민 공주

다음 생엔 너로 태어나 나를 사랑하겠다는 말 지키고 싶다.
내 20대 절반 이상을 함께 보낸 친구야,
이번 생에도 열심히 사랑하고 행복하자.
세상 온 행복이 너에게 깃들길…….

웃으며 오늘을 이야기할 수 있는 날

○

2021.

1.

17.

할머니 똥강아지

2020년은 코로나 때문에 너무 우울한 한 해였다.
2021년은 나아지겠지 기대했는데 1월 1일 할머니가 돌아가셨다.
할머니가 보고 싶다. 전화했을 때 갈 걸 너무 후회된다.
할머니! 항상 이뻐해주셔서 감사하고, 너무 보고 싶어요.
사랑해요! 할아버지랑 싸우지 마세요.ㅎㅎ

o

| 2021. |
| 2. |
| 5. |

프로 골퍼 성효선

새벽 5시, 김포공항 가는 길.
넌 꼭 첫 비행기를 타야만 했니, 친구야?
올해도 너랑 여름과 겨울 여행을 가는구나.
내년에는 넷이 가자, 제발…….

o

2021.
2.
5.

출산한 지 한 달 맘

엄마는 너를 두고 온 게 마음에 걸려 첫 비행기를 타고
만나러 간다. 조금만 기다려, 내 새꾸.
그리고 이틀간 우리 엄마도 너무 고생 많았어.
이틀간의 꿀 힐링은 다음을 기약할게.

o

2021.
2.
5.

평범한 직장인 1

회사원 그만하고 싶다!
일은 너무 사랑하지만 월급쟁이 힘들어서…….
스스로 대견하고 칭찬해! 잘하고 있으니 힘내자.
많이 못 웃어줘서 나에게 미안.

ㅇ

2021.
2.
8.

마냥 행복할 수 없는 것처럼

오늘 나는 아침부터 학원에 가고 있다.
사실 춤으로 고등학교와 대학교를 가려 했으나
불치병이라는 문에 멈춰 서서 전공을 타악으로 돌렸다.
현재의 나는 내가 가장 좋아하는 춤을 추지 못한다는 사실에
많이 울며 좌절하고 있다. 하지만 지금 열심히 해서
장구로 1년 뒤 당당하게 내가 원하는 고등학교에 붙어
더 이상 좌절하지 않았으면 좋겠다.
마냥 행복할 수 없는 것처럼, 지금 얻지 못한 행복을
1년 뒤 내가 다 받을 수 있도록 현재의 내가 노력해야겠다.

ㅇ

2021.

2.

13.

함께할 시간

부모님과 함께한 시간보다 함께할 시간이 더 적을 수도 있겠다,
라는 생각을 자주 한다. 남은 시간을 소중히 여기며 살자.
짧은 글이지만 기사님 덕분에 많은 생각을 하고 갑니다.
감사합니다!

º

2021.
2.
17.

백수 된 지 세 달

백수가 된 지 벌써 세 달이다.

지금까지는 잘 쉬었지만 뭐라도 해야 한다는 강박에 요즘은 이것저것 배우러 다닌다. 예전에 공부할 때에는 항상 1등만 해야 한다, 잘해야 한다는 스트레스가 심했는데, 아무런 부담 없이 배우니 공부가 재미있고 즐겁다. 무언가 읽고 새로운 지식을 익히는 것이 이렇게 즐거운 것이었을까? 아침에 일어나기조차 힘들 정도로 엉망이던 몸 건강도 많이 좋아져서 이제는 체력도 많이 좋아졌다.

1년 뒤 나는 무엇을 하고 있을까. 다시 회사로 돌아갔을까? 부디 내가 좋아하는 일을 찾아 지금처럼 즐겁게 매일에서 사소한 것을 배우며 살아가고 있으면 좋겠다.

ㅇ

| 2021. |
| 2. |
| 27. |

삼성동 호세

화창한 토요일 오후.
사랑하는 여자 친구와 우리를 연결해준 친구를 만나러 간다.
우리의 계획대로 시간이 흐른다면,
몇 년 후 이 택시를 다시 탄 우리는 부부가 되어 있기를.
사랑해, 민아야.

o

2021.
2.   일요일
28.

오늘 하루가 무사히 끝나길 바라요.

○

2021.
3.
4.

진심

오늘 저는 친구들이랑 스키장에 놀러 가요!
근데 친구 두 명이 전화를 안 받아서 화가 납니다.
하지만 괜찮아요. 저는 잠도 푹 자고 밥도 먹어서 예민하지
않거든요! 제가 이 택시를 타보다니 너무 신기해요.
안 그래도 팍팍한 세상 요즈음 코로나로 다들 힘든 시기에
조금이나마 따스해지네요! 감사해요, 기사님.
항상 건강하시고 안전 운전 하세요!
그나저나 친구들이 아직도 자나 봐요. 미쳤나 보다, 진심.

웃으며 오늘을 이야기할 수 있는 날

o

| 2021. |
| 3. |
| 5. |

내가 살아 있다

요즘 짐도 무겁고 일은 바빠서 계속 택시 타고 출근하는
사람이에요! 오늘 택시를 잡는데 바로 코앞에서
빈 차 ➜ 예약으로 바뀌며 세 대의 택시가 쌩하고
저를 지나치더라고요. 하, 왜 이래! 약간의 성을 내고 있는데
빈 차 택시를 다시 발견했어요. 이 택시입니다. 너무 신기해요.
기분이 싹 좋아졌습니다! 감사합니다, 기사님.
대학원 졸업하고 공부만 하던 시기가 계속 길어졌어요.
교사가 꿈이던 사람이었는데, 5년간 공부를 하며
사회성도 떨어지고 정신 건강도 적신호 직전까지 갔던 것 같아요.
그래서 작년을 마지막으로 공부를 뒤로하고, 올해 1월 학원에
취직했어요. 아주 정신없이 바쁘고 스트레스도 있지만,

그래도 내가 살아 있다는 게 느껴집니다. 감사하게 살고 있어요.
다들 힘내세요. 코로나로 취업도 더더욱 힘들어졌지만,
꼭 좋은 소식 있을 겁니다.

○

2021.
3.
13.

별내 공주

주말 출근이 선택인 나의 직장.
출근을 하기 위해 택시를 타게 되었습니다.
기사님께서 권유해주신 이 노트를 받아 들고 얼굴 모르는 언니,
오빠 혹은 동생 들의 이야기를 슬쩍 엿보며 미소를 띠기도,
가슴 한쪽이 뭉클해지기도 했네요.
다음에 이 노트를 건네받을 누군가에게 남겨요.

세상에 단 하나뿐인 당신께,

안녕하세요! 요즘 힘든 이 시기에 우리 모두 웃는 일이
더욱 많았으면 해요! 때론 우울하고 좌절되는 일도 오겠지만

이 세상에서, 이 넓은 지구에서 당신은 유일한 사람입니다.
여태 해온 일들이 뭐가 됐건 수고하셨어요!
앞으로는 더욱 기분 좋은 일과 행복한 일이 가득할 거고
좋은 사람들이 더욱! 넘쳐나리라 믿습니다.

P.S. 기사님, 별거 아닌 일로 기분 좋게 해주셔서 감사해요.
안경 예쁘다고 칭찬을. 패션 안경인 거 어찌 아시고.

o

| 2021. |
| 3. |
| 21. |

벌써 환갑

어제는 우리 아빠 환갑이셨다.
자식이 하나뿐이라 한다고 해봤는데 기쁘셨을까 모르겠다.
우리 아빠가 벌써 환갑이라니. 세월이 정말 빠르구나.
항상 건강하고 엄마랑 사이좋게 오래오래 행복했으면 좋겠다.
엄마 아빠, 사랑하고 항상 고마워.
이렇게 쓰다 보니 어제도 편지 한 장 써서 전할걸 하는 생각이
든다. 조만간 편지 한 장 써서 부칠게. 생일 축하해, 아빠.
사랑해.

○

2021.
3.
25.

서른 넘어서

아산병원 들러 내 진행 상황을 보고 수서역 가는 길.
기사님과의 대화가 소소한 위로가 됩니다.
병원 올 때마다 애써 씩씩하게 오는데 사실 마음이
너무 힘들었어요. 3월의 햇살 좋은 날, 창문 연 택시 안에서
글 적으며 저 자신에게 따뜻한 희망을 다시 주고 있네요!
서른 넘어서 수술할 거야! 바람이 이뤄지길 바라며,
코로나로 지친 일상들 속에서 모두 힘내요!

웃으며 오늘을 이야기할 수 있는 날

○

2021.
3.
26.

행복한 금요일의
어느 평범한 백수

평범한 금요일이지만 하루하루가 정말 다양하고 느끼는 게
달라진 삶을 살고 있어요. 늘 갑갑하고 답답하던 회사를
그만두고 더 많은 고민이 생겼지만 제가 이렇게 자유로울 수
있구나 느꼈습니다. 많은 고민을 담아둘 필요가 없더라고요.
담아두지 말고 가끔은 저질러버리는 것도 가장 좋은 선택이
될 수 있는 거 같아요! 내 삶의 주인공은 나니까!
내가 가장 행복해야 주변도 행복한 법!

2021.
3.
29.

수유동 우기여비

문득 뒤돌아보니 어느새 50이 되어 있었답니다.
50년 동안 무엇을 했나…… 길 위에서 쓰는 편지에 잠겨봅니다.
생각해보니 그동안 너무도 많은 일들이 있었네요.
25세, 21세 아들이 있구요,
평생을 오빠라 불리우는 남편이 있네요.
13년 함께 살며 지금은 치매가 온 강아지 '또자'도 있구요.
큰아들 상욱, 작은아들 상엽, 남편 국한 오빠~
정말 사랑스러운 가족이죠.
요즘은 제가 또 취미가 생겼어요. 당구랍니다. 3년 전 우연히
접한 당구에 푹 빠져버려 당구대까지 샀답니다. 너무 늦은
나이에 당구를 시작하여 배움은 좀 늦지만, 남은 평생의 취미로

웃으며 오늘을 이야기할 수 있는 날   149

너무 좋은 거예요. 열심히 배워 수지 업! 하겠습니다.
오랜만에 써보는 편지라 글씨가 엉망이네요.
청소년 시절을 느끼게 해주어서 감사합니다.
이 글을 보는 모든 분들 행복하세요!

○

```
2021.
3.
31.
```

세상 느긋한 성격

밤새 아이는 코가 막혀서 잠도 못 자고, 밤새 두통으로
나도 못 자고…… 회사 가지 말라고 나를 꽉 끌어안고 놔주지
않는, 결국…… 지각이 눈앞에……
그 와중에…… 감기가 심해질까 봐 마음이 쓰리고……
오늘 회사 가면 월말 서류에, 수업 준비에, 식목일 준비……
주말에 있을 결혼기념일 선물 준비, 나들이 준비……
벌써 수요일인데…… 마음만 급하고……
세상 느긋한 성격인데 시간에 쫓기는 걸 보니 나이 들었네……
시간이 아까워! 3월 마지막 날…… 나이가 들었음에 현타 맞는,
오늘도 걱정 많은 날…… 그나저나…… 꼬맹이! 아프지 마!
네 생각에 아무것도 생각이 안 나…… 힝…….

```
```

°

2021.
3.
31.

@s.yxrxx_

힘든 일은 한꺼번에 몰려온다는 말이 있잖아요.
삼수를 하면서 요즘 정말 많이 힘든데,
힘들 때마다 생각하는 말이 있어요.
조금이라도 이 글을 보는 사람들에게 위로가 되면 좋겠어서
한번 끄적여봅니다.

성장은 쉽지 않고 시간은 빨리 가며
인생에는 뜻밖의 우연들이 줄줄이 이어진다.
그리고 세월은 그 모두를 잘 간직하도록 도와줄 것이다.
결과는 다른 일의 연습이라는 사실.
전에 미워했던 과거가 언젠가 다른 좋은 모습으로

펼쳐질 것임을, 그 순간이 지금 내 눈앞에 다가오고 있음을.

P.S. 잠시나마 바쁜 일상 속에서 소소하고 확실한 행복을
느끼게 해주셔서 정말 감사해요. 힐링하고 갑니다.

o

```
2021.
4.
9.
```

리희와 련성

시험 기간이라 바쁜 리희와 련성입니다.
오늘은 학교가 빨리 끝나서 마라탕을 먹었어요.
오랜만에 먹으니 아주 맛있었어요. 특히 치즈떡이 맛있어서
둘 다 행복했어요.
또 오랜만에 련성이와 밥 먹고 이야기를 나누니까 행복했어요.
배스킨라빈스 먹고 싶네요.
지금은 고2인데 2년 뒤 2023년에는 둘 다
원하는 대학 붙어서 웃으면서 같이 술 먹어보고 싶어요.
지희야, 파이팅. 성연이, 파이팅.

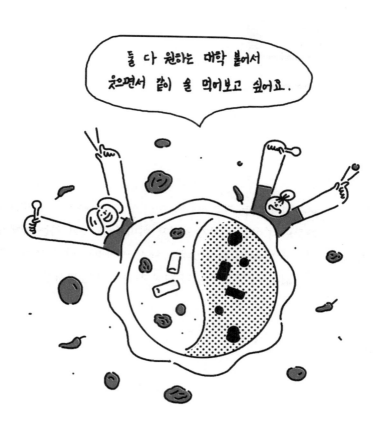

○

2021.

4.   글

12.

한구석에 있는 고민이나 응어리 들, 그게 무엇인지 **어떤 것
때문인지** 이곳에 적지 않아도 이미 글을 쓰고 있는 **자체가**
위로가 되는 건 처음이네요. 택시 안의 **따스함과 마음으로**
전달되는 이 안의 온기가 많은 분들에게 전해지길.

○

2021. 4. 13.

내 집에서 아론이와 아내

아침에 힘겹게 기상하며 아들 밥 먹이고 광명 이케아를 향합니다.
곧 있으면 경기도 수원으로 이사를 가면서 필요한 것을
구입하러 갑니다. 요즘 전세난도 심해서 도저히 주거 안정이
되지 않아 영끌해서 가게 됐어요.
열심히 준비했는데 이사할 때가 다가오니 기대도 되고
두렵기도 해요. 앞으로 갚아야 할 빚이 걱정되지만
수원에서 살아갈 순간이, 그리고 내 집에서, 더 넓은 집에서
살아갈 날들이 기다려져요.
우리 아들 아론이와 아내가 좋아해서 더 기뻐요.
출발할 때 기사님 너무 환대해주셔서 감사해요.
코로나 조심하시고 다들 건강하세요.

○

2021.
4.
16.

물꼬

7년간 다니던 유치원 교사를 그만두고 쉬엄쉬엄 새로운 일을
하겠다고 생각한 지 두 달이 되어가는 요즘.
바쁜 동생 내외를 대신해 엄마와 함께 조카를 돌보며 지내게 되어
나는 이래서 언제 돈을 버나 싶었는데 지금은 언니의 소개로
새로운 일의 물꼬를 터줄 누군가에게로 가는 택시 안.
생각 없이 살던 나에게 잠시나마 글을 쓰고 생각할 시간을
갖게 해준 기회에 감사합니다.
모두 다 잘되길!

o

2021.
4.
16.

곧 서른이 되는 여러분

저도 6년간의 유치원 교사 생활을 접고 싶습니다······.

새로운 일을 시작한다는 게 두렵고도 설레는 마음이실 텐데······

저처럼 스물아홉 살, 곧 서른이 되는 여러분, 또는 새로운 일을

막 시작하신 분들 모두 인생의 꽃이 활짝 피시길 바랍니다!

이렇게 고된 하루를 마치고 글을 쓰니 마음이 뭉클해지네요.

기사님, 정말 감사합니다!

언제나 건강하고 행복하시길 바랍니다!

여러분 모두 힘내시고 행복하세요!

반짝반짝 빛나시길.

93년생 모두 힘내요.

웃으며 오늘을 이야기할 수 있는 날

○

| 2021. |
| 4. |
| 17. |

요양 병원 가기 전

갑상선암 수술하고 전이 때문에 동위원소 후 퇴원했어요.
요양 병원 가기 전 좋아하는 빵집에 들렀어요!
유쾌하신 기사님 덕에 편하게 왔다 갑니다.
좋은 일만 있었으면 해요.
다들 행복하세요!

P.S. 기사님, 금연하세요. 건강이 최고랍니다.

°

2021.

4.

19.

도전하는 송주

월요일 아침. 나는 원래 출근을 안 하는 날인데 어쩌다 스케줄이
잡혀서 출근하고 있다. 그런데 기사님께서 부탁이 있다고 하셔서
보니 내가 작년 총선에 이 노트에 글을 썼던 기억이 났다.
그러고 나의 글이 책에 담긴 것을 보고 너무 신기했다.
나는 1년 전 안양에서 살고 있었지만 지금은 서울에 살고 있고
삶의 소소한 것들이 변했다. 나는 요즘 남들보다 뒤처져 있다는
생각을 많이 하며 괴로워했다. 정해진 인생의 순서대로 살지 않는,
철들지 않는 어른이 되려고 한다. 나이에 얽매여 있지 않은,
내가 하고 싶은 것을 하고 도전하는 멋진 사람! 몇 년 안에
이 택시를 다시 타서 내가 더 멋진 사람이 되었다는 것을
자랑하고 싶다. 파이팅.

º

| 2021. |
| 4. |
| 24. |

토요일 16시 49분

소개팅 가는 길에 신기한 택시를 탔어요.
무언가…… 좋은 일이 생길 것 같아요.

ㅇ

2021.
4.
28.

너무 보고 싶은 어느 날에

호두 아빠! 매일 다퉈서 밉기도 했던 당신이 옆에 없다는 게
아직도 실감이 나지 않는 하루야. 더 많이 아껴주고 사랑할걸……
호두는 너무 건강해. 운동 잘하는 당신 닮아서 그런가 봐.
발길질을 얼마나 세게 하는지 요새는 깜짝깜짝 놀라기 바빠.
호두 아빠! 난 혼자서 씩씩하게 밥도 잘 먹고 병원도 잘 다니고,
그리고 곧 태어날 호두도 씩씩하게 잘 돌볼 수 있으니까
그만 좀 울어. 다 큰 애기가 따로 없어.
우리 다시 손 마주 잡는 그날까지 같이 힘내자. 할 수 있지?
많이 사랑해요!

○

2021.
5.
6.

친절한 택시 안에서

오늘은 몇 년 동안 고민하던 코 수술을 한 지 벌써 일주일이
지나서 부목을 떼러 가는 날이다.
일주일 동안 정말 너무너무 힘들었지만 항상 신경 쓰였던
매부리코를 절골하면서 여태 내 앞을 항상 막고 있던
돌덩이 같은 걱정거리들……. 나를 너무 힘들게 했던 것들도
함께 없애버리고 앞으로는 기분 좋은, 행복한 일들만 생기기를.
파이팅!

○

2021.
5.
6.

둥둥 떠 있는 영현이가

미래의 영현이에게,

난 오늘도 일 퇴근하고 운동도 마치고 머리를 하러 가는
택시 안이야. 난 요즘 이런 바쁜 생활에 많이 지쳐 있어.
다 미래의 내가 더 나은 모습이길 바라면서 이렇게 살고 있는데,
네가 지금 잘 살고 있다면 다 지금의 내 덕이라고!
혼자 서울 올라와서 잘 살아보겠다고 큰소리 뻥뻥 치고
집 떠나 나왔는데 뭐든 내 맘 같지 않고 많이 힘드네.
그래도 이런 운명으로 태어난 거 누가 이기나 한번 독하게
살아보려 해.
미래에 내가 이걸 보게 된다면, 돈도 많고 여유롭게 살고 있다면!

웃으며 오늘을 이야기할 수 있는 날   165

부모님께 잘하고 내 주변 사람들한테 많이 베풀면서 지내줘.
지금 많이 지쳐 있지만 내 좋은 주변 사람들 덕분에
그래도 웃으면서 이겨내고 있어.
예전의 나, 지금의 나도 난 너무 자랑스럽고 멋있어.
미래의 나는 더 멋진 사람이 되어 있었음 좋겠다.
나 자신을 제일 많이 사랑하고 또 그 사랑 베풀면서 사는
영현이로 이번 생 멋지게 살아보자! 그럼 안녕!

○

2021.
5.
7.

너무너무 보고 싶은
우리 아빠

아이를 급하게 등교시키고 서둘러 병원 예약 시간에 맞춰서
큰길로 달려 나가서 택시를 탔다. 상당히 밝고 깨끗한 목소리의
기사님을 뵈니 조금 긴장이 풀렸다.
큰 병원을 가는 길은 항상 긴장이 된다.
아빠가 생각난다. 우리 아빠, 너무너무 보고 싶은 우리 아빠.
아빠도 병원 가는 길이 발걸음이 무겁고 걱정되셨겠지, 하고……
그때는 회사 출퇴근에 쫓기는 삶을 사느라,
그리고 나이가 지금 생각하면 어려서,
그리고 그 시간이 이렇게나 되돌아가고 싶을 만큼
중요한 순간임을 몰랐기에 아빠 곁에서 시간을 좀 더 많이
보내드리지 못한 것이 늘 후회가 된다.

열심히 달리는 택시 차창 밖 풍경보다 시간이 더 빨리
지나간다는 걸 조금 더 일찍 알았다면 좋았을 테지.
그래도 어쩌면 그렇게 큰 깨달음을 얻고 나서
난 시간의 소중함을 배웠다.
지금 이 순간이 얼마나 값지냐는 것을, 내 곁의 모든 것과
모든 사람과 함께하는 순간을 아름답게 마음속에 적어나가는
이 모든 것의 소중함을.

∘

왕십리 회사원

대학 입학 시절, 졸업하는 언니 오빠 들 보면 한참 선배 같고
나이 많이 보였다. 스물일곱 살, 아직 나는 미성숙하고 모르는
것투성이고 도움 없이는 못 하고 아직은 무서운……
어느 길로 어떻게 가야 하는지 알 수 있는 나이일 줄 알았는데,
사람들은 어떻게 이리들 본인들의 길을 찾아 잘 따라가는지
신기하고 부럽다. 아직 아무것도 모르겠다.
그리고 지금 내가 가고 있는 길이 맞는 길인지도 모르겠다.
내 길을 갈고닦아 가야 할지, 새로운 길을 개척해야 할지…….
모든 것이 새롭고 어린 나이 스물일곱…… 언제까지 새롭고
어릴까…… 얼른 나를 알고 싶다.

○

워킹맘

재택근무를 하다가 회사에 출근할 일이 생겨서
출근했다가 퇴근하는 택시 안.
독박 육아에 워킹맘.
아이 하원 시간에 맞춰서 열심히 달려가는 중.
우리 사랑하는 딸, 엄마는 네가 있어 행복해.
집에 가서 맛있는 저녁 해줄게.
아침에 등원했는데 벌써 보고 싶구나.
너를 위해, 나를 위해
오늘도 행복하게 정진하자꾸나!

º

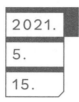

2021.
5.
15.

비

비가 내리는 오후, 소나기인가 힘차게 내린다.
잠깐 내리는 비도 이렇게 힘차게 사는데
나란 사람 힘차게 살지 않을 이유가 있을까.
힘찬 내 인생 지치지 말자.

웃으며 오늘을 이야기할 수 있는 날

○

2021.
5.
22.

멋지게 사는 중년 아줌마

쉰한 번째 생일 아침.
모처럼 가족 여행으로 제주 당일치기 여행 아침에
영광스러운 택시를 탔다.
나는 살면서 행운이 참 많은 사람인데 또 이런 일이…….
참 힘든 세월을 잘 견디고 오늘까지 왔다.
올해는 연초부터 계속 좋은 일이 생긴다, 신기하게.
앞으로의 인생에 그다지 큰 걱정은 없다.
지금처럼 열심히 살면 되니까. 나는 특별하다.
기사님, 건강하시고요, 저의 행운이 기사님께도 도달하기를…….

o

2021.
5.
23.

허한 날

마음이 허한 날이 있다.
사람들의 웃음소리와 이야기가 끝나고 헤어짐을 고하며 나서는
그 고요함과 헛헛함이 마음을 허하게 만든다.
그런 날 무력한 몸을 이끌고 택시를 타고 집을 가는데
희한하게 이런 맘을 써본 적은 없네.
이 마음을 써 내려가는 장소가 흔들리는 이곳이니,
뭔가 잘 어울리기도 하다.
이 막막함을 달랠 길이 없지만 마주해보기로.

웃으며 오늘을 이야기할 수 있는 날

o

<table>
<tr><td>2021.</td></tr>
<tr><td>5.</td></tr>
<tr><td>27.</td></tr>
</table>

택시 안에서 두서없이

최근 10년간 내 발이 되어주던 자동차가 고장 나서
뚜벅이로 다닌 지 약 한 달이 되었다.
비도 오고 그래서 택시를 탔는데, 손님들에게 편지를 쓰는
택시를 탔다. 요즘 휴대폰, 인터넷 발달로 카톡, 문자, 이메일만
쓰다 보니 이렇게 손으로 쓰는 글은 너무 어색해졌다.
택시를 탈 때마다 아빠가 생각난다.
90년대 피자 가게를 당시 피자헛보다 크게 해서
나의 유년 시절은 하고 싶은 대로 살았었는데,
IMF 이 세 글자…… 더 이상 이야기 안 해도 알 수 있는…….
갑자기 아팠고, 1년 동안 병원에서 고생하다가
아빠와 이별을 하게 될 줄은 생각도 못 했다.

벌써 1년 반이 흘렀네.

사업 실패로 주변 사람들은 아빠 역할을 제대로 못 한다는 눈초리를 주었지만 나에게는 최고의 아빠였다.

아빠가 돌아가시고 이종사촌 형한테 들은 이야기인데, 80년대 당시 63뷔페를 많이 사주셔서, 사촌 형이 아빠에게 너무 잘해주셔서 부담 된다 이야기하니 나중에 아들(나)에게 잘해주면 된다고.

갑자기 글을 쓰려니 두서가 없어서 창피하다.

글을 쓰다 보니 벌써 회사에 다 와간다.

아빠, 자동차 나오면 아린이랑 찾아뵐게요.

모두모두
하루를 무사히

o

2021.

6.

2.

밑반찬

아침에 일어나 출근하는데 어머니께서 일찍 일어나셔서
점심 식사에 먹을 밑반찬을 챙겨주셨다.
항상 바쁘게 쫓기듯 출근하다 보니 어제도 챙기지 못했는데
오늘은 본인이 손수 종이백에 넣어서 식탁 위에 두신 거다.
나이를 먹으면 이런 건 내가 손수 챙겨야 하는데,
이럴 때면 부모님 앞에선 정말 철없는 딸이다.
연세가 있으셔서 목이 아프고 이젠 많이 나이가 드셔서
한 해가 갈 때마다, 부쩍 주름살이 도드라져 보일 때마다
정신 차려야지 생각이 든다. 여하튼 오늘 점심은 어머니가 싸주신
반찬을 곁들여 맛있게 먹어야겠다.

ㅇ

2021.
6.
2.

꿈을 향해 달리는
무용과 학생

지금 시간은 아침 5시 14분.

난 오늘 새벽 연습을 하고 아침 해 떠서야 집 가는 중.

다리가 너무 아파서 택시를 탔는데 기사님도 너무 친절하다.

내일이 발표회인데 그동안 노력했던 만큼 실수 없이 잘하길.

하던 만큼만 하자. 파이팅!

ㅇ

취준생 김다혜

오랫동안 꿈꿔왔던 꿈은 이루었지만 역시 이상과 현실은
달랐습니다. 그래서 저는 또 다른 꿈을 가지게 되었고,
이번에도 또 한 번 저를 믿고 도전해보려고 합니다.
실습하러 가는 길, 친절하시고 밝게 웃어주시는 기사님 덕분에
더더욱 힘이 나고 색다른 기회였습니다.
모든 취준생분들, 파이팅하시고 모두 행복한 인생을 살아갑시다!
기사님, 감사합니다!

°

2021.
6.
4.

H.W.

미안한 이별을 했고, 떨리는 사랑이 왔다.
집으로 가는 길에 마음이 싱숭생숭했는데
글을 적으며 조금은 가벼워진다.
모두에게 편안한 오늘 하루가 되길.

ㅇ

2021.
6.
6.

그날의 나에게

몸도 마음도 많이 아프다. 그렇지만 이 시기에 누구나 다
힘든 걸 안다. 이 시기가 아니더라도 누구나 아픔이 있는 것도
안다. 이 아픔을 이기고 견디고 꽃이 필 그날의 나에게,

모든 것은 계획대로 되지 않고, 안 좋은 일들이 많아도
이겨내길 바라. 많은 역경과 고난을 거치고 이쁘게 피어나는
꽃처럼 지금 너도 더 단단해지기 위한 과정일 뿐
항상 네가 소중하고 이쁜 사람이란 걸 알아둬.

알고 보면 매일 행복한 일들은 일어나고 있으니
그것을 놓치지 말고 지금 이 순간을 소중하게 여기자.

°

| 2021. |
| 6. |
| 16. |

초여름

초하初夏가 중하中夏로 느껴지는 날씨네…….
그래도 여름이 되니 기분이 좋다.
코로나 코로나, 이 시기도 곧 끝나겠지!
선선한 바람과 흰 구름을 만끽하는 행복한 초여름의 날씨.

○

2021.
6.
17.

자존감

누구보다 하루를 바쁘게 살아가고 있습니다.
사실 지금도 어제 회사 출근해서 오늘 퇴근하는 거예요.
누구보다도 스스로에게 응원이 필요한 순간이라서
잘하고 있다고, 잘 해내고 있다고 오늘은 스스로한테
응원 좀 해주고 싶네요.
남들은 제 나이에 맘껏 놀고 즐긴다고 하던데,
그런 말 들으면 괜히 위축도 되고 자존감도 떨어지거든요.
일분일초를 빡빡하게 살고 있는 제게는 스스로 잘하고 있다고
좀 토닥여줘야겠습니다.
이 택시에서 내리고 나면, 집에 가서 엄마가 해준 집밥으로
배 든든히 채우고 편히 쉬어야겠어요. 오늘도 다들 파이팅!

모두모두 하루를 무사히

o

| 2021. |
| 6. |
| 17. |

행복한 나

비가 갑작스레 찾아온 날, 매운탕에 소주 마시러 가는 길이었어요.
비 오는 날은 회 먹는 거 아니라고 알려주시면서
근처 맛집 일러주셔서 가는 중이에요.
행복한 나의 날을 기록해요.

모두모두 하루를 무사히

○

| 2021. |
| 6. |
| 18. |

용인에서 서울 출근하는 길에

무거운 삶의 무게에 눌려 소중한 것을 놓치지 말기.

o

```
┌──────────┐
│ 2021.    │
├──────────┤
│ 6.       │
├──────────┤
│ 18.      │
└──────────┘
```

울 아빠의 막내딸

아빠 병원 가는 길입니다.

어제 수술하셨는데 다행히 잘 끝났어요!

예후도 좋아서 우리 아빠 오래오래 건강하게 행복하게

함께하고 싶네요! 병원 가는 길에 만난 행운,

우리 아빠 완쾌되라고 하늘에서도 응원하나 보다!

감사합니다, 기사님!

쌍둥이 두 딸 모두 올해는 취직해서 엄마 아빠 더 잘 챙길 수

있도록 도와주십쇼.

가장 중요한 건 우리 가족 모두 건강하기를!

기사님도 늘 건강하세요.

모두모두 하루를 무사히

○

2021.
6.
19.

초등 동창 딸 결혼식

초등생 친구들과 초등 동창 딸 결혼식에 다녀오는 길에
택시 탑승. 오늘 날 화창하고 기쁘고 행복하다.
전남 곡성에서 올라온 혼주 부부 축하하기 위하여
우리 동창 40명이 3차 뒤풀이 가는 중.
기사님을 만나 에세이집을 발견하여 몇 자 적음.
1차 식사, 2차 커피, 3차 횟집. 코로나로 인하여
조심스러운 상황이지만 그래도 즐겁고 행복하다.
기사님, 감사합니다. 행복하세요.

ㅇ

2021.
6.
20.

다짐

취업한 지 어느덧 4개월 차가 되었다.
직장 근처로 이사한 지는 한 달 차.
아직도 스스로 적응 기간이라고 생각한다.
더 많이 노력하고 더 잘하고 싶고 인정받고 싶다.
그러려면 시간 활용을 잘해야 할 텐데…….
스스로에게 다짐해본다.
나는 어떻게 계획을 세워야 할 것인가?
하루하루 보람차게 보내고 싶다.
나의 소명을 다하고 싶다. 선하게 살고 싶다.

○

30대 청라 새내기

평소에 운전해서 다니다가 운전이 하기 싫어서 부른 택시가
특별했다.
다른 사람들이 이 택시를 타려고 학수고대한다고 하셨다.
운이 좋은 사람이라 생각하지 않는데, 오늘은 운이 좋은 것 같다.
나는 멘탈이 약해서 스스로 중심을 잡길 원하는데
나 자신에게 그 흔한 칭찬 한마디 해주질 못한다.
그게 뭐 이리 어려울까.
며칠 전엔 헤어진 연인이 삶을 비관하여 자살 기도를 했다는
이야길 들었다. 왜 그렇게까지 해야 했는지…….
주변 사람들이 얼마나 본인을 생각하고 챙겨주는지,
그리고 자신이 얼마나 고귀하고 아름다운 사람인지

깨달았으면 좋겠다. 물론 나도 그것을 잊지 않고 새기고 있기를.

머릿속이 복잡하다.

그래도 택시 사장님 덕분에 좀 더 차분해졌다.

항상 안전 운전 하시고 코로나 조심히 건강하세요.

모든 분들 다 행복하고 건강하세요!

○

조윤미

안녕하세요! 저는 경기도에 사는 고등학교 3학년 조윤미예요!
가야금이라는 국악기를 하고 있는데 이번 대회 때문에
예술의 전당 쪽에 장단을 맞추러 왔다가 악기를 들고 택시에
탔어요! 명업식 기사님의 택시를 탔는데 기사님이 밝게
맞아주셔서 기분 좋게 택시에 타게 되었습니다! 사실 요즘
입시도 있고 시험도 있어서 많이 힘들었는데
잠깐이라도 웃을 수 있어서 좋았어요.
저도 행복한 어른이 되었으면 좋겠고,
기사님도 항상 행복하셨으면 좋겠습니다!
경기 택시로 서울 오면 요금이 더 나간다는 것도 11년 동안
가야금 하면서 이제 알았네요. 감사합니다!

다음에도 이 행복한 택시 타고 싶어요. 저도 기사님처럼
우연히 지나가는 사람들한테 행복과 웃음을 주는 사람이 되고
싶네요. 가야금으로 꼭 사람들에게서 웃음을 이끌어내는
봉사자가 될 거예요! 항상 건강하고 행복하세요.

○

2021.
7.
3.

비님까지 오십니다

시절이 하 수선한데 비님까지 오십니다.
토요일 아침 지인의 부고 소식을 듣고 가는 길입니다.
다행히 기사님이 방향이 같다며 콜을 받아주셔서
많이 기다리지 않고 갈 수 있었습니다.
즐거운 일이 많지 않은 요즘, 오늘은 더욱 마음이 안 좋습니다.
오늘 하루도 무사히…… 모두모두 하루하루를 무사히
보내셨으면 합니다.
제발…… 오늘은 비님에게 부탁해봅니다.

。

```
2021.
7.
5.
```

불쑥불쑥

남자 친구 만나러 가는 날.

거의 2주 만에 얼굴 잠깐 보러 가는 거지만 너무 설렌다.

너무 많이 보고 싶었는데 잠시 시간이 맞아서 보러 가는 것조차

너무 좋다. 한 시간 동안 만나는데 난 아침부터 꾸미고

화장하고 온갖 정성을 다해서 향수까지 뿌리고 가는 중…….

오늘 보면 또 언제 볼지 모르지만 이렇게 잠시 보는 것조차

너무 좋다. 너무 좋아서 결혼하고 싶은 마음이 불쑥불쑥 들지만

나이도 어리고 직장도 안정되지 않아 참아야 한다.

꼭 성공해야겠다. 힘내자!

o

| 2021. |
| 7. |
| 14. |

가을이 왔으면

날씨가 무척 덥다. 언니와 함께 강남으로 병원 간다.
가을이 왔으면 좋겠다.
아, 어제 모기 한 마리를 잡아서 아직도 후련하다.

모두모두 하루를 무사히

○

| 2021. |
| 7. |
| 15. |

이든 맘

무거운 마음으로 택시를 타고 집에 가는 길이다.
집에 혼자 있던 아이가 공부하는 사이 화장실 물이 넘치면서
집이 온통 물바다가 됐다. 울고 있는 아이 달래주고
빨리 수습하러 반차 내고 집에 가는 길. 마음이 무거워서
온통 신경이 날카로워진 상황인데, 하나님이 보내주신
택시 기사분인 것 같다. 우리 인생이 계획한 대로 원하는 대로
안 되는데, 이미 벌어진 일 잘 정리하면 되지.
여기서 안절부절 고민한다고 갑자기 해결되는 것도 아닌데.
기사님과 대화하면서 마음의 위로가 된다.
그리고 기사님의 책을 보면서 잠시 힐링을 경험한다.
감사해요. 폭염과 코로나로 힘들지만 함께 웃으며 이겨내요.

○

2021.
7.
21.

회사 가는 발걸음

출근길, 택시를 탔다. 회사 가는 발걸음이 무겁다.
어제는 가고 싶던 회사에 거의 마지막 단계에서 떨어졌다.
시간이 멈춘 것 같다. 나는 어디로 가야 할까.

"인간도 꽃과 마찬가지로 물이 필요하다.
스스로 자신을 격려하고 기쁘게 하고 마음을 생기발랄하게
하지 않으면 마음은 메마르고 만다. 스스로 자신을 격려할 수
있는 사람은 멋진 사람이다. 남의 괴로움을 아는 사람이다.
스스로 자신을 기쁘게 하는 말을, 강함을, 현명함을!
스스로 자신을 좋아하지 못하면 남도 사랑할 수 없다."(이케다
다이사쿠)

o

2021.
7.
26.

CRA로 일하는 M.H.

우리는 마음 한구석에 서로 다른 '힘듦'을 가지고 사는 것
같습니다. 워킹맘으로 일하고 육아하고 반복이……
조금은 지쳐 있었어요.
기사님께서 "편지 쓰는 택시예요" 하고 건네주신 책과 노트를
펴 보고는 다른 사람들의 생각을 간접적으로 느낄 수 있었어요.
절대 이 노트에 나는 어떤 상황이고, 힘들고, 지쳤고……
이런 말 대신, 누가 보아도 기분 좋은 글을 써야지! 했었는데……
지금 제 마음속, 머릿속에 가득 차 있는 느낌이
'나 조금 힘들어…… 언제쯤 자유로워질까?'네요.
일상 속에서 하루하루 정말 최선을 다해서 살고 있는데
끝없이 쌓여 있는 일 더미가 내 정신과 육체를 꽉 잡고 있었던

것은 아닌가 생각했어요.

책을 보니 모두가 서로 각기 다른 '힘듦'을 품고 열심히 살고 있는 것 같아요. 이것이 참 위로가 됩니다.

사실 오늘 아침, 월요일의 시작…… 인하대 병원까지 '어느 세월에 가' 하며 불평했는데…… 이렇게 조금만 시선을 돌려도 감사하고 소소한 감동을 느낄 만한 것들이 많은 것 같아요.

기사님, 감사합니다!

○

2021.
7.
27.

기다린다

오늘 잠실 이 회장님 모시고 용인 가족묘에 계시는
사모님 산소에 같이 왔다. 가면서 조화 네 개를 사고 돌아오려니
사장님께서 상추와 애호박을 주신다. 집에서 직접 기른 야채를
받고 택시를 타고 산소에 가서 절을 하고 돌아왔다.
전대리 366번지에 가서 회장님 손님하고 용인 푸주옥 식당에
가서 꼬리곰탕을 사주셔 먹고 기다린다.
점심 식사를 길게 하였다. 난 차에서 기다린다.
언제 나오려나 한참을 기다린다.
하늘은 구름 한 점 없고 푹푹 찐다.
너무 덥다.
이제 나오신다.

모두모두 하루를 무사히

ㅇ

2021.
8.
4.

매미 소리 나는 8月의
K.J.E.

엊저녁 과음으로 부득이 승용차를 직장 주차장에 버려두고
택시를 타고 퇴근하므로…… 허덕허덕 달걀로 속을 다스리고
또다시 택시를 급하게…….
이렇게 『길 위에서 쓰는 편지』에 실릴지도 모를 글을 쓰게 되다니
기사님께 감사를 드려야 할지도. 이런 영광을 주시다니요…….
휴가철임에도 휴가를 떠나지 못하고 고3 수험생들을
지키느라…… 여름이 더더욱 분주합니다.
36도를 웃도는 무더위에 도로 위를 달리는 기사님을 뵈며
모종의(?) 위로를 받습니다.
유난히 무더운 2021년 여름을 건강하게 날 수 있도록
기도합니다.(크리스천은 아니지만 간절한 기원으로…….)

코로나로 마스크를 벗지 못하고 운전하시는 기사님께
응원을 보냅니다.
특별한 기회를 주셔서 한 번 더 감사합니다.
고맙습니다!

모두모두 하루를 무사히

o

2021.
8.
6.

Deo gratias, Yulia

정말 힘든 발걸음을 떼는 날.

설렘도 있고, 걱정도 있고, 두려움도 있고. 괜찮은 거겠죠?

기사님께서는 학교를 향하는 저에게 똑똑하다고 하셨지만,

논문을 못 쓰고 박사 수료생으로 회피만 하고 있는 저라서

마음이 더 아프고, 이젠 정신 차려야지, 라는 생각을 했습니다.

사람들은 기사님과 같은 눈으로 저를 보겠죠?

그게 저에겐 되게 무서워요.

이 길이 끝나면 내가 무얼 하고 있을지도 모르겠고.

그래도 오늘 용기 내서 논문 쓰러 가는 길이었는데,

기사님을 만나 뵙고 이런저런 이야기를 하면서

용기도 얻었습니다.

이 편지, 스스로에게도 참 위로가 되는 것 같네요.
제가 가야 하는 목적지를 다시 생각해보고 걸어가겠습니다.

ㅇ

2021.
8.
6.

그냥 윤율

사실은 너한테 가는 이 길이 설레는데 내가 막 누르고 있어.
널 좋아하면 안 되니까. 그건 진짜 말도 안 되니까.
같은 취향, 너와 있는 시간이 너무 즐거운데,
너도 나를 자주 찾는데…… 왜 넌…… 이렇게 어린 거냐.
일곱 살, 이건 진짜 어렵다.
그냥, 이 자리에서 너한테 가장 편한 누나로 그렇게 남아 있을게.

ㅇ

2021.
8.
7.

옹리 오빠

이사 가는 날.

용달차를 불러도 해결되지 않는 짐을 꾸리러 너를 위해 갔다.

애석하게도 차 키가 빠져버렸다. 이럴 수가!

그곳은 하수구…….(머쓱) 당황하고 풀 죽은 나에게 네가 해준

말. "괜찮아, 이런 시련은 앞으로도 같이 헤쳐나가면 돼."

누군가에겐 이사 가는 날…… 누군가에겐 따뜻했던 날,

이 글을 보는 당신은 '행복해진 날'.

사랑해, 송희야. 결혼하자.

모두모두 하루를 무사히

o

2021.
8.
8.

인서

2021년의 시작은 참 가혹했습니다. 병원에서 맞은 새해.
엄마가 돌아가시고 다음 날 열아홉 살 된, 정말 가족이었던
강아지도 떠났답니다. 한때 네 사람과 세 마리의 강아지가 살던
집에 이제는 저 혼자 남아 겨우 멘탈 부여잡고 버텨보는데
위로가 되어주었던 사람도 떠나버렸어요.
주기적으로 찾아오는 무력감에 2주간 아무것도 안 하고
넋 놓고 있다가 2주 만에 친구를 만나러 가며 택시를 탔는데
이런 일이 있네요.
그냥 하소연하듯 쓰다 보니 속이 좀 풀리는 것 같기도 합니다.
그리고 오늘은 마침 펭수의 생일이에요.
재작년에 아빠가 사고로 돌아가시고 7개월을 거의 울며 지냈는데

어느 순간 펭수를 보며 위로를 받고 제가 웃고 있더라고요.
단순한 캐릭터가 아닌, 저를 살려준 녀석이랍니다.
펭수의 생일에 마침 택시에서 이 글을 쓰게 되어 또 의미 있네요.
아직 많이 힘들지만 다시 한 번 기운 내서 살아보겠습니다.

○

2021.
8.
9.

중1 여학생

택시에서 편지를 쓰는 기억은 처음이다.
요즘은 날씨가 참 오락가락하는 것 같다.
얼마 전에 오빠가 군대에 들어갔는데 더운 날씨에
잘하고 있을지 모르겠다. 막상 오빠가 들어갈 때에는 아무렇지
않았는데 오빠 없이 지내니까 생각보다 지루하고 허전한 것 같다
오빠가 얼른 건강하게 제대했으면 좋겠다!
얼마 뒤에 큰 시험을 본다. 나는 성적이 그리 좋은 편이 아니지만
내가 노력한 만큼만이라도 잘 보고 싶다.
긴장하지 말고 잘 봐야겠다!
평범하게 병원 가는 택시 안에서 편지를 쓰는 것은 생소하지만
값진 경험이라고 생각한다.

매번 똑같은 일상 속에서 사소하고 작은 변화는
나를 행복하게 만들어준다.
이제 막 공부를 열심히 할 때가 됐으니 안 좋은 생각은
다 떨쳐버리고 제대로 노력해봐야겠다. 힘내자!

P.S. 더운 날씨에 운전하시느라 고생이 많으세요, 기사님!
앞으로도 건강히 오래오래 행복하셨으면 좋겠어요. 다음에 또
기회가 된다면 탈 수 있기를.

○

2021.
8.
14.

제주에서 나고 자란 R.

저는 제주에서 나고 자라서 항상 가족들과 생활하다
처음으로 자취를 하게 됐어요.
꿈에 그리던 서울에 와서 직장 생활을 하고 있는데
제주 집이 너무 그립네요. 서울에서 아직 새 친구를 사귀지 못한
탓일까요. 제주에 있는 가족들과 애인이 너무 보고 싶습니다.
다들 이렇게 성장하시겠죠?
온전한 내가 되기를 기도합니다.

모두모두 하루를 무사히

○

| 2021. |
| 8. |
| 21. |

통의동에서 압구정 가는 택시

비가 많이 내리는 어느 날처럼 지나갈 수도 있었을 텐데,
이런 작은 이벤트 하나로 오늘이 오래 기억될 것 같네요.
마침 가는 길이 먼데 이런저런 이야기 적어보겠습니다.
저는 건축학과에 재학 중인 4학년 학생입니다.
실습 기간을 채우기 위해 잠시 상경했어요.
뜻있게 올라와 많은 것을 이루고 갈 생각은 아니었고
그저 좋아하는 사람이 제가 지내는 곳보단 서울을 편히 다녀서
올라왔어요. 벌써 두 달이 다 채워져 돌아가야 할 시간인데,
아직 그 사람을 보진 못했지만, 예상하지 못한 곳에서 많은 것을
얻는 중입니다.
두 달 동안 실습하면서, 여기서만 할 수 있는 것들에 대해

생각해보면서 혼자 바쁘게 놀러 다닌 것 같아요.

파워 INTP라 집 밖에 거의 나가지 않는 성향인데도 불구하고 열심히 했다 말하고 싶습니다.

그러면서 전 다시 제가 좋아하는 것들에 대해 고민하게 된 것 같아요. 세상은 너무 넓고, 좋아할 수 있는 것들이 너무 많구나. 행복할 수 있는 것들이 너무 많아요, 세상에.

지금 내가 하고 있는 일이 술술 풀리지 않아서 죽고 싶더라도, 오늘 가는 터프팅 클래스가 궁금해서 저는 죽지 못했습니다, 오늘도.

"행복한"이라고 당당히 말할 수 있는 서울살이에 또 하나의 추억을 만들어주셔서 감사합니다.

비가 와서 말이 길었네요.

악필이라 죄송합니다.

어딜 가시든 즐거운 시간이 되길 바라겠습니다! 감사해요.

모두모두 하루를 무사히   221

○

| 2021. |
| 8. |
| 28. |

웨딩플래너 이수림

웨딩플래너 일을 하다 보면 택시를 자주 타게 되어요.
무서운 기사님들을 많이 만나는데 기사님은 너무 친절하고
좋으시네요.
TV에서 뵈었던 분을 드디어 만나게 되어서 너무나도 기쁘네요!
얼마 전 13년 동안 알았던 친구와 절교를 했어요.
제 나이 서른여덟 살에 참 철부지 같죠.
저는 그 친구를 참 좋아했고 성격이 강한 그 친구에게
다 맞춰주었는데 이제는 지치더라고요.
어느 순간 모든 걸 내려놓고 싶은 마음이 들었어요.
왜 갑자기 그랬을까요.
제가 아니면 그 친구는 이제 친구도 없을 텐데…….

마음이 쓰이지만 저도 힘이 들어서 안녕을 고하고 싶어요.
인연이라는 게, 그리고 함께한 시간이라는 게 이렇게 덧없다고
느껴져요. 내려놓기까지 많이 힘들었는데 내려놓은 순간부터는
참 마음이 편해졌어요.
저와는 여기까지이지만 늘 건강하고 행복하기를 바라요.
그리고 제 마음의 이야기를 써둘 수 있게 해주신 기사님
감사합니다.
코로나 조심하시고 늘 몸조심하시고 건강하세요.
응원할게요.

o

2021.
9.
2.

다시

저는 사랑하는 여자와 택시를 타고 가고 있습니다.
그런데 그녀를 놔주려고 합니다. 사랑해서 놓아주려고 합니다.
그녀와 마지막으로 타는 이별 택시인 듯합니다.
더 잘해주지 못해서, 더 사랑해주지 못해,
더 아껴주지 못해 마음이 아픕니다.
그녀가 이 책에서 이 글을 보고 용기 내어 다시 왔으면
좋겠습니다.

o

2021. 9. 4.

청년 김홍윤

저는 대한민국 청년입니다.

어린 시절만 해도 사람을 만나면 즐겁고 많은 에너지를 얻고
또 주었습니다. 사람과 사람이 만나는 일이야말로
즐거운 일이며 서로의 행복을 위한 길이라 생각합니다.

지금은 세대 간, 성별 간, 좌우로 나뉘어 싸우고
마음에 여유 따윈 사치가 되었습니다.

저는 우리나라 사람들이 행복하고 즐거운 삶을 사셨으면
좋겠습니다. 모두 그럴 자격 있는 소중한 분들이니까요.

대한민국은 피로 쓰인 역사입니다.

우리가 누리는 모든 것은 나라를 위해 죽어간
수많은 사람들 덕분입니다.

모두모두 하루를 무사히

우리가 지금은 분열되어 있어도
모두 함께 다시 만나 웃을 수 있음 좋겠습니다.
또 그걸 위해 노력하며 살겠습니다.
대한민국 사람 파이팅!

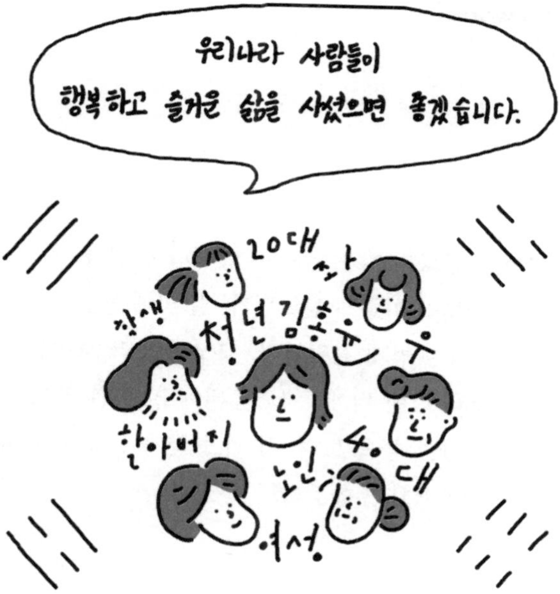

°

2021.
9.
8.

들꽃

그녀를 만나러 가는 길…… 언제나 설렌다.
가을 하늘이 이렇게 높았던가. 길 위에 들꽃은 이렇게 예뻤던가.
일주일이 이렇게 길었던가. 세상이 달라 보이는 요즘…….
그녀와 나, 1년 뒤에도 10년 뒤에도 30년 뒤에도
높은 가을 하늘을 보며, 길 위 들꽃을 보고 느끼며
같이 행복했으면 좋겠다!

○

2021.
9.
13.

광주 소년

나는 광주에 사는 한 소년이다.
오늘은 동요 녹음을 하러 서울에 왔다.
우연히 택시를 잡았는데 편지를 쓰게 됐다.
네이버에 검색을 해보니 벌써
노트가 열 권째 넘어간다고 한다.
내가 책에 나온다니 생각만 해도 떨린다.
아저씨 감사합니다!
내가 나온 책을 꼭 읽어봐야겠다.

ㅇ

2021.
9.
16.

무탈

회사 과장님과 화성시청에 업무를 보러 가는 중입니다.
지난주부터 크고 작은 일이 많이 겹쳐 머릿속이 복잡합니다.
어제는 여자 친구와 북촌에서 데이트를 하다가
일을 실수한 것 같아 바로 집으로 같이 가서 노트북을 열고,
문제가 없는 것을 보고 안심하고 데이트를 무사히 마쳤습니다.
2년 전 회사를 옮기고 새로운 곳에서 일을 배우느라
정신이 많이 없어 주변을 잘 못 살핀 게 아닌가, 걱정이 됩니다.
내일모레부터 연휴가 시작되는데, 무탈하게 일 마무리를 잘해서
가족, 친구 들과 행복한 시간 보내야겠습니다.
어제도 밀린 일 하느라 새벽 2시에 잠이 들었는데,
아침에 재밌는 택시 기사님을 만나서 오랜만에 생각 정리 할

기회를 맞이했습니다.

감사합니다. 오늘도 안전 운전 하세요.

。

| 2021. |
| 9. |
| 17. |

고속버스터미널 가는 손님

추석 연휴 보내기 위해 부모님댁 가는 길.
운이 좋게도 귀한 택시를 타게 되었다.
코로나가 길어지고 그로 인해 취업 길이 막혀서 힘든 시기를
보내고 있던 요즘…… 가을의 기분 좋은 달달한 바람처럼
느껴지는 이런 행운이 찾아오기도 하는구나.
이 노트를 쓰고 있는 지금, 짧은 순간이지만 너무 고맙고
괜시리 위로받는 것 같다.
괜찮다고, 다 지나가고 좋은 날이 꼭 올 거라고.
그런 위로를 받기 위해 누군가가 보내준 것 같은 오늘의 택시.
다음에 부모님댁 가는 길엔 취업 소식 같이 가지고 갈 수
있었으면 좋겠다. 그때쯤엔 좀 더 웃을 수 있기를.

짧은 시간이지만 오늘 저의 위로가 되어주신 행운의 기사님!
늘 안전 운전 하시고, 기사님께도 좋은 일 많이! 듬뿍! 생길 수
있도록 응원하겠습니다. 감사합니다.
이 노트를 건네주셔서 정말 감사해요.

ㅇ

2021.
9.
19.

홍성에서 상경한 고3

공부하는 대한민국의 고3 중 한 명이다.
홍성에서 공부하기 위해 어제 갓 상경한
서울 새내기의 첫 택시이다.
택시 기사님께서 학원 가냐고 물어보셔서 맞다고 하니
기사님께서 "꼭 2022년 학번으로 대학 가세요!"라고 하셨다.
수능이 60일 남은 현시점에서 들을 수 있는 최고의 말과
최고의 응원이다. 너무 감사했다.
내 꿈은 해양동물 수의사다.
꼭 어른이 되어서 동물원이나 아쿠아리움에서 일하고 싶다.
하루하루 열심히 공부해서 꼭 내 꿈을 이룰 것이다.
무료한 나날들에서 이 택시를 만난 건 또 다른 행운이 아닐까

싶다. 처음 본 분에게 내 얘기를 털어놓는 것, 생각보다 마음에
안정을 찾아주는 것 같다.

목표가 하나 더 생겼다.

꼭 목표하는 대학에 합격해 서울로 다시 올라온 뒤
이 택시에서 한 번 더 이렇게 일기를 쓰는 것이다.

이런 신기하고 재미있는 추억을 만들어주신 기사님께
너무 감사하다.

。

통장

통장을 비우고 행복을 채운 여행을 마치고 돌아가는 길.
조급한 마음과 바쁜 하루들로 가득한 날들만 펼쳐지겠지만
또 통장을 채우면 나를 위한 선물로 떠날 수 있겠지.
나의 현생 파이팅!

○

2021.
9.
27.

주성아, 힘내

시험 점수가 잘 나왔으면 좋겠습니다.
5학년인데 학원 시험 점수가 너무 낮습니다.
소원을 써보는 것은 오랜만입니다. 꼭 점수가 잘 나오길……. .

↑ 주성아! 괜찮아, 힘내! 기사님, 특별한 택시 타고 힐링하고
 갑니다. 늘 건강하세요! 이 택시를 타는 모든 분들 다
 행복한 기운 얻으시고 즐거운 날들 되셨으면 좋겠어요.
 참고로 저희 아이도 작가랍니다. 창작 동화 『열하나』에
 「또 다른 세상」 썼어요. 이렇게 귀한 택시 탈 줄 알았으면
 책 한 권 챙겨서 드리고 싶은데. 건강하세요!

○

2021.
10.
7.

대한민국, 서울, 25세, 여성

부대표님 심부름(?)을 가는 길에 이런 기분 좋은 택시를 탔네요!
요즘 회사 일로 이런저런 고민이 많아요.
회사와 학교를 병행하고 있는데 힘에 부치기도 하고……
이 길이 내 길인가 고민도 되고……
다들 이렇게 하루 아홉 시간(혹은 그 이상)을
회사에서 보내나…… 싶기도 하고……
나만 이렇게 우는소리 하는 건가…… 싶기도 하고 그래요.
항상 빨리빨리를 강조하는 대한민국에서는 뭐든 적정 시기가
있는 것 같아요.
그런데 역시나 '빨리빨리'의 민족답게 그 시기는 앞당겨지기만
하는 것 같아요. 그래도 오늘은 길이 조금 막혔으면 좋겠네요.

모두모두 하루를 무사히

출근길에 천선란 작가님의 『천 개의 파랑』을 읽었어요.
천천히 달리는 법을 익히는 경주마 투데이처럼 우리도 천천히
달리는 법을 익혀야 할 때가 아닐까 하는 생각이 들어요.
모든 "우리"가 천천히, 행복했으면 좋겠어요.

P.S. 저도 제가 만나는 사람들에게 방명록을 써달라고 노트
한 권을 가방에 늘 넣어 다니는데요, 동류(?)를 만나 기뻐요.

○

서준이 엄마

요즘 가장 큰 기도는 우리 서준이가 행복한 어른으로
자라게 해주시길 바라는 기도이다.
오랜만에 만나는 친구를 보러 가는 비 오는 금요일.
우리 서준이도 마음을 나누는 평생의 친구가 생기길.
이 택시의 기사님처럼, 행복한 미소로 다른 사람들의 하루에
작은 기쁨을 주는 사회의 구성원으로 자라길.
자신을 소중히 여기길. 언제 어디서나 너를 응원하는 가족들의
사랑을 잊지 않길. 나의 사랑하는 단 하나뿐인 아들, 모모,
서준이에게 보내는 마흔 살 엄마의 편지.

P.S. 늘 건강하시고 안전한 운행길 되세요.

모두모두 하루를 무사히   241

ㅇ

2021.
10.
15.

리나, 동희 부부

사랑하는 우리 아기에게,

아가야…… 이제 겨우 11주 되었지만, 우리에게 와주어서
너무너무 고마워. 어렵게 와준 우리 아기, 엄마 아빠가 너무나도
기다리고 있어. 건강하게만 우리에게 와주렴. 잔소리쟁이 아빠,
분노조절장애 엄마가 널 기다리고 있어.
성격 죽이고 개과천선하면서 널 기다리고 있을게.
기사님, 만나 뵙게 돼서 너무 영광입니다.
어려운 시기에 힘내시고, 잠시나마 저희 부부에게
행복을 주셔서 너무 감사드립니다.

○

| 2021. |
| 10. |
| 18. |

전 과장

오늘은 하루 종일 외근일 줄 알았다.

오전은 혜화동, 오후에는 화성시.

그러나 인간적으로 잠실에서 화성은 개멀다.

같이 출장 나온 전 과장을 오늘은 버리기로 했다. 미안. 오늘은
내가 살아야겠다.

오전 일들 마치고, 순대국밥 때리고, 잠실로 복귀하는 택시 안이다.

전 과장은 화성으로, 나는 본사로.

오늘 오후 나의 타깃은 최병욱 대리이다. 전 과장은 버림받았다.

다른 멤버들이 따라오라고 했단다.

……

갑자기 노선 변경이다. 나도 화성에 가게 됐다. 개 같다. ㅎㅎ

전 과장이 밉다. 오늘 타깃은 전 과장이다. 조져야겠다.
염병…….

……

Sumi가 같이 가준단다…… 너무 고맙다.
한 대리처럼 푹 좀 자고 기분 좋게 도착하면 좋겠다.
똥 같이 치워줘서 고마우…….
그럼 20000…….

○

| 2021. |
| 10. |
| 22. |

엄마랑

엄마랑 첫 서울 여행이 병원이라니.
있을 때 잘해야겠다.
완치해서 외국에도 같이 가자, 엄마.

○

2021.
10.
29.

금요일 퇴근길

워킹맘의 금요일 퇴근길. 새벽부터 출근했다.
아이를 데리러 가는 길…… 어제 어린이집에서 속상한 일이 있어
속상해했던 아이에게 조금이나마 힘이 되고자 퇴근하자마자
택시를 타고 이동 중이다.
아직 26개월밖에 안 되었지만, 속상해하는 모습을 보니
이 험한 세상을 앞으로 내가 어떻게 도와주어야 할지
생각이 많아진다.
24시간 지켜보며 같이 시간을 보낼 수 없는 것이
나 역시 속상하고 안쓰럽지만, 그래도 더 나은 것들을 경험하게
해주고 싶어서 일을 그만둘 수도 없는 현실이다.
이런저런 고민이 많은 한 주였는데 편지 쓰는 택시를 만나

마음이 한결 가벼워지고 있다.

이런 시간을 주심에 감사드린다.

우리 모두가 행복한 세상에서 살 수 있기를…….

모두모두 하루를 무사히

○

2021.
11.
11.

S.J.E.

오늘은 빼빼로데이이자 발레단 시험 D-2일이에요.
허리가 아파서 병원 가려고 택시 잡았는데 행운의 택시네요.
그리고 13일이 외할아버지 사십구재인데 시험 때문에
못 가서 마음에 걸리는데, 할머니가 위에서 도와주고 계실
거라고 하시더라고요.
발레 인생 17년인데 저 잘할 수 있겠죠?
좋아하고 사랑하는 일을 할 수 있는 건 큰 행운이에요.
우리 모두 행복할 자격 충분하니 행복합시다.
그리고 첫 사회생활이라 이번 연도 너무 많이 치여서
나 자신을 잃어버린 느낌이었는데 이제야 안정이 찾아왔어요.
요즘 하루하루가 너무 행복합니다.

사소한 모든 일에 감사하는 내가 되자!
앞으로도 지금처럼 성실하고 차분하게!
우리 가족 내 주변 모든 사람들 건강하고 또 건강합시다요!

모두모두 하루를 무사히

o

| 2021. |
| 11. |
| 19. |

엄마 수술

엄마가 제 생일인 17일 날 수술하기 위해서 16일 날 입원해서
19일 날 퇴원했어요.
생일날 미역국은 못 먹고 병원 밥을 먹었지만
그래도 엄마 수술이 잘돼서 다행이에요.
덕분에 집까지 편하게 갈 거 같아요.
감사합니다, 기사님!

○

2021.
11.
24.

듣고 싶은 말

늘 컴퓨터, 폰만 쥐고 살다가 오랜만에 펜을 쥐어보네요.
이 글을 읽는 모든 분들께 드립니다.

잘하고 있어. 이미 충분히 잘하고 있어!

사실 제가 늘 듣고 싶은 말이거든요.
혼나고 비교당하기 일쑤인 삶이잖아요.
우리에겐 용기와 격려가 필요한 것 같아요.
말주변이 없지만…… 모두들 힘내세요.

모두모두 하루를 무사히

○

```
┌─────────┐
│ 2021.   │█
├─────────┤
│ 11.     │
├─────────┤
│ 24.     │
└─────────┘
```

다시 만날 때까지

택시에서 갑자기 편지를 부탁받고서 아주 오랜만에
편지를 써보네요.
오랫동안 서로 떨어져서 일만 하며 지내던 가족이 모이게 된
바쁜 11월이었어요.
한참의 세월이라는 시간을 건너온 가족들의 모습을 보며,
서로 쌓아둔 얘기들도 하며 특별한 시간을 보냈는데
이제 며칠 후면 다시 각자의 길로 가야 할 시간이 다가오네요.
다음에 다시 만날 때까지 모두 건강하고 행복하게 보내길
기원합니다.
모두 행복하고 의미 있는 연말을 보내세요.

o

<table>
<tr><td>2021.</td></tr>
<tr><td>11.</td></tr>
<tr><td>26.</td></tr>
</table>

무뚝뚝한 딸

고된 하루 중 착한 기사님을 만나, 특별한 인연을 만나 글을 쓴다.
다른 거는 생각이 안 난다. 엄마, 아프신 우리 엄마.
고된 거 힘든 거 이제 내가 해볼게. 편히 쉬어줘. 건강만 챙겨줘.
나의 아홉 살 때 일기를 보았어. 이렇게라도 답장해.
엄마도 나의 태양이자 산소, 그 모든 것이야.
고마워, 나의 엄마를 해줘서.
무뚝뚝한 딸이라 미안해, 사랑해요, 여기다가 말해봐.
기사님, 오래오래 건강하세요! 건강이 최고!

ㅇ

2021.
11.
28.

ㅎㅎ

수능 망하고 두 번째 놀러 나옴.ㅎㅎ
신기한 택시랑 개그맨 친구들.
친구 집 가서 치파포 먹기로 해서 너무 신나요.
수능 망했다고 인생이 망하지는 않는다!
대학 붙고 또 탈게요.ㅎㅎ

○

2021.
11.
29.

사랑해요, 배 선생님.
멍뭉이가

안녕하십니까. 저는 군 생활이 얼마 안 남은 병장으로
전역 전 마지막 휴가를 나왔습니다.
짧고도 소중했던 일주일간의 휴가였지만 지금까지 나온 휴가 중
가장 행복하고 알찬 시간을 보내고 들어가게 되었습니다.
이번 휴가에서 제가 그동안 마음 설레며 사랑하던 아름다운
여성과 인연을 맺어 연인으로 발전하였기 때문입니다.
한 달 넘게 계획했었던 일정과 약속 들을
그녀와 함께하고 추억으로 간직할 수 있게 되어
들어가는 길에도 기분 좋은 마음을 가득 안고 갈 수 있게
되었습니다.
비록 전역까지 한 달밖에 안 남은 시점이지만 저를 기다려주기로

약속한 그녀에게 너무나 고맙고 감사한 마음을 전하고 싶습니다.
국군 수도병원 부대로 복귀하는 길에 운이 좋게
『길 위에서 쓰는 편지』를 만나게 되어 정말 꿈만 같고,
이렇게 글을 쓰게 해주셔서 감사합니다.
제가 사랑하는 그녀는 초등학교 선생님으로 일하고 있습니다.
전역하고 나서도 앞으로 오랜 시간 동안 그녀에게 보답하고
사랑하며 행복한 연애 이어나갈 것을 이 자리를 빌려
약속하겠습니다.
충성!

。

2021.
12.
1.

그래도

한 해가 다 가고 어느덧 마지막 달이네요.
오늘은 그 첫 번째 날이고요.
나의 20대가 끝나가네요.
최근에는 약을 먹고 있어요. 마음에 상처가 많이 났대요.
그래도 조금 더 버텼더니 이런 멋진 택시도 만날 수 있게
되었네요.
돌고 돌아 나의 지금 이 마음을 글로 다시 만나게 되는 날이
온다면, 내가 환하게 웃고 있었으면 좋겠어요.

○

2021.
12.
3.

하하

오늘도 마신다. 맨정신으로 살아갈 수 없기 때문에…… 하하.

°

2021.
12.
3.

사랑하는 딸이

퇴근길에 정말 특별한 택시를 만났어요! 편지 쓰는 택시라니.
오늘 하루가 너무 길고 피곤했어서 택시를 탔는데,
유쾌한 기사님과 즐겁게 하루를 마무리할 수 있어
너무 감사합니다.
요즘같이 날이 추워지면 아버지 생각이 많이 납니다.
같이 올림픽공원 산책한 거, 아부지 생일 파티,
퇴근길에 사 오시던 겨울 간식.
같이 많은 시간을 못 보냈다고 생각했었는데
지금 다시 돌아보면 그래도 함께해서 좋았었어요.
얼굴을 마주할 순 없지만 기억으로나마 추억할게요!
엄마도 동생도 저도 잘 지내고 있으니 부디 평안하시길.

모두모두 하루를 무사히

P.S. 제가 마지막 손님이었어요, 오늘! 좋은 경험 하게 해주셔서 감사합니다. 번창하시고 항상 건강하세요!

2021.
12.
5.

상경

서울 상경한 지 여섯 달입니다.
아직 길도 잘 모르고 하나도 익숙하지 않은 거리들…….
길을 잘 모르기에 택시를 많이 탑니다.
어릴 적 택시 운전을 하신 아버지가 갑자기 떠오릅니다.
부산 이곳저곳을 아버지 택시를 타고 여행했습니다.
아직 하나도 익숙하지 않은 서울에서 탄 택시 풍경,
어느 하나 자연스럽지 않은 공간들이 조금씩 따뜻해져요.
부산 택시 운전사분들보다 서울 택시 운전사분들은 조금 더
온도가 높은 것 같습니다.
앞으로 이곳저곳 더 여행하고 싶어요.

바라던 그 이야기
마음껏 써 내려가라

○

| 2021. |
| 12. |
| 9. |

선생님

올해까지만 다니기로 한 직장에 출근하고 있습니다.
지각할까 봐 택시를 탔는데, 제시간에 도착할 수 있기를…….
학생들을 가르치는 일을 합니다.
학생들을 볼 날도 이제 얼마 안 되네요.
얘들아, 부족한 선생인데 좋아해줘서 고맙다.
내가 가르쳐준 건 별로 없는 것 같은데 말이야.
너희들이 내가 전해주는 지식이나 기술로 나를 보지 않고,
그냥 한 사람으로 나를 대해준 것 같아.
그래서 나도 너희들이 좋았어.
어른들 말 너무 잘 듣지 말고,
지금처럼 건강하고 멋지게 살아갔으면 좋겠다.

ㅇ

2021.
12.
20.

이하영

나의 지각한 마음에게도
빈 종이 한 장 내밀어야겠네요

초조하게 흐르는 시간
꽉 막힌 도로 대신

눈 덮인 하얀 세상
겨울나무
반짝이는 아침 해를 보라고요

내킬 때까지 뜸들이다

바라던 그 이야기 마음껏 써 내려가라

바라던 그 이야기
마음껏 써 내려가라고요.

○

<table>
<tr><td>2021.</td></tr>
<tr><td>12.</td></tr>
<tr><td>22.</td></tr>
</table>

부모님의 시간

아침에 정신없이 나가는 출근길에 돌이켜보면
그곳엔 항상 딸이 추울까, 배고플까 걱정하는 부모님이 있다.
따스한 한두 마디 건넨다고 늦는 것도 아닌데 뭐 그리 차갑고
급하게 뛰쳐나왔는지…….
내 나이가 드는 것보다 부모님의 시간이 흐르는 게 더 아깝고
슬프다. 코로나 때문에 집에만 계시다 보니 눈에 띄게
더 늙어버리셨다.
시간이 흐르는 게 이별이 가까워지는 것 같아 마음이 아프다.
우리 온 가족이 이렇게 모여서 걱정 없이 지내는
이 소중한 시간이 길었으면 좋겠다.

o

2021.
12.
26.

사십구재

엄마 사십구재를 지내고 집 정리를 하고 올라온 날
이 택시를 만났다.
우리 엄마는 하늘나라에서 잘 지내고 있을까?
이제 우리 엄마가 아프지 않고 행복했으면 좋겠다.
그리고 고생했던 나도, 가족들도 모두 행복했으면.
그리고 내가 사랑받고 있고 감사함이 가득한 삶을
살고 있다는 걸 잊지 않기!
사랑해요, 엄마. 사랑해요.

ㅇ

<table>
<tr><td>2021.</td></tr>
<tr><td>12.</td></tr>
<tr><td>27.</td></tr>
</table>

달려와

매일 나의 일과를 들어주던 사람이 없어졌다.
그래서인지 신기하리만큼 오늘은 이런 특별한 일이
많이 일어난다.
그 사람에게 너무너무 공유하고 싶은 그런 일들이…….
행복한 열아홉 살 스무 살 스물한 살을 만들어주어 고마워.
나도 너에게 그런 날들을 만들어줬길 바라.
원하던 목표 꼭 이루고 나중이 되면 내게 달려와.
웃는 얼굴로 자랑해줘.

o

도윤이 엄마

아들아, 사랑하는 우리 아들……
그만큼 엄마 속도 많이 썩이는 아홉 살 도윤아.
어제 말했지, 나는 내가 원하는 엄마를 왜 갖지 못하냐고,
나와 싸우지 않고 나를 잘 이해해주고, 내가 하고 싶은 대로
다 하게 해주는 엄마가 있었으면 좋겠다고.
너를 사랑하지만 세상은 네 맘대로만 하고 사는 곳이 아니란 것을,
사람들과의 관계에선 지켜야 할 것, 배려해야 할 것들이 있다는
것을, 사회의 일원이 되려면 하기 싫은 것도 해야 한다는 것을,
엄마 아빠는 그걸 너에게 알려주고 가르쳐야 하는 의무가
있다는 것을 너는 언제쯤 알게 될까…….
아침마다 침대로 달려와 엄마에게 안기는 우리 예쁜 아들아,

올해는 좀 더 서로 마음을 열고 사랑하자.

다투지 말고, 속상해하지 말고, 억울해하지 말고

예쁜 마음 가득한 한 해를 만들어보자꾸나.

엄마도 너를 좀 더 이해하려고, 너의 입장이 되어 생각하려고

노력할게. 올 한 해 잘 부탁해!

* 기사님 추천 가방 브랜드: 스미글, 포터리반.

○

2022.
1.
7.

신혼부부

코로나 백신 3차를 맞고 무거워진 컨디션에 예정에 없던
택시를 탑승했는데 재미있는 기사님을 만나게 되어
조금은 기운이 납니다.
저희 아빠께서 차종은 다르지만 영업용 번호판을 달고 일하셔서
택시를 타면 종종 기사님들의 근황을 묻습니다.
기사님께도 묻습니다. 근무하기 힘드시죠……?
오늘은 이래저래 생각이 많습니다.
넓은 서울 땅에 아직 내 집이 없어 이사를 또 가야 하는데
이사비며 도배장판비며 이것저것 돈 나갈 일이 많아 이런 생각
저런 생각을 하며 하루를 보내고 있습니다.
곧 대통령 선거인데 누가 되어도 좋으니 먹고살기 팍팍한

신혼부부들에게 집 한 채씩 해주시면 좋겠네요.ㅎㅎ

새해 벽두부터 우울한 부동산 이야기를 적어서 죄송합니다.

어릴 적 집이 어려워 일찍 사회생활을 시작해

벌써 13년 차입니다. 무엇이든 제가 노력한 만큼의 결과가

나오는 것이 당연하겠지만 올해에는 그것에 더해서

약간의 행운도 따라줬으면 좋겠습니다.

교대 근무 하는데 너무 힘들어서 다른 직업 가지려고

공부 중인데 운이 더해져서 잘됐으면 좋겠습니다.(이왕 운이

좋을 거면 로또 1등도 되면 더 좋고요.)

이것저것 생각나는 이야기들을 두서없이 적다 보니

벌써 한 페이지를 거의 다 채워가네요.

단조로운 일상에 작은 추억을 남겨주신 기사님께 감사드립니다.

바라던 그 이야기 마음껏 써 내려가라

ㅇ

| 2022. |
| 2. |
| 6. |

아버지들

쌍문동에서 건대! 대중교통이 더 빠를 것 같았는데,
그럼에도 어쩐지 택시를 타고 싶었어요.
어쩌면 이 편지의 주인이 되려고 그랬나 봐요.
기사님, 저희 아버지는 버스 기사, 시아버지는 택시 기사예요.
아저씨도 누군가의 아버지이시겠죠?
오늘도 길 위의 모든 아버지들이 행복하시길 바라봅니다.
새해 복 많이 받으세요.

2022.
2.
22.

이 시대 직장인

직장 생활 9년 차로 접어듭니다.
신규였던 때가 엊그제 같은데 시간이 빠르다는 말이 실감 나네요.
9년 동안 많은 일이 있었습니다.
결혼, 승진, 누군가가 떠난다는 소식…….
처음의 빛났던 다짐은 어느새 바래고 매일 업무에 허덕이는
거울 속 나를 볼 때 조금은 슬퍼지지만,
오늘도 힘차게 출장을 갑니다.
이 시대 모든 직장인분들, 힘내세요!
이 또한 지나갑니다.

○

2022.

2.

25.

10대 소녀

제일 친한 친구 이사 도와주고 집에 가는 길이에요!
친구가 첫 독립 하는데, 서로 10대 소녀들처럼 오랜만에
유치하게 웃고 떠들면서 이사하고 같이 자고 집에 가는 이 길이
행복해요!

바라던 그 이야기 마음껏 써 내려가라   277

ㅇ

2022.
3.
2.

대학생

개강날!
행동한 대로 생각할 것인가
생각한 대로 행동할 것인가.

앞으로 더욱 힘내보아요.

ㅇ

<table>
<tr><td>2022.</td></tr>
<tr><td>3.</td></tr>
<tr><td>4.</td></tr>
</table>

주북이

동물 병원에서 집 가는 길. 마음이 무겁네요.

어디든 병원은 솔직한 거 같아요. 생활 습관에 대해 나오는
결과들은 아직 버겁네요. 잘하고 있고 잘할 거란 혼자의 기대와는
다른 결과, 역시 병원은 비싸고 무섭네요.

항상 건강이 먼저라고 말하고 다니지만 제일 무심했던 건
자기 자신이었네요. 건강 챙기세요. 병원은 거짓말을 하지 않아요.
가족을 위해서라도 건강은 최우선입니다.

미안해, 라깡, 라토, 라팡아. 말도 못 하는 작고 소중한 너희는
행복하게 살다 가줬으면 좋겠어. 오래오래 함께하자! 라고
혼자 끄적여봅니다. 병원 가기 싫어!

모두 파이팅하세요.

○

| 2022. |
| 3. |
| 7. |

성공 기원

오늘은 쌍커풀 재수술 상담을 받으러 성형외과에 간다.
걱정도 되고 떨리기도 하지만 더 나은 내가 되고 싶어
용기를 냈다.
올해는 나를 스쳐 가는 모든 분이 더욱 발전하는
한 해이길 빌며…… 쌍수 성공 기원.

2022.
3.
11.

행복한 사람

봄의 저녁이다. 오랜만에 전 직장 친구를 만나러 간다.
일을 그만두기 전에는 꼭 자주 보자고 했는데
올해 처음 보러 간다. 그래도 날 좋은 날 이렇게라도 만나서,
늦어도 얼굴 보러 갈 친구가 있으니 난 행복한 사람이다.

바라던 그 이야기 마음껏 써 내려가라

코로나 세대 신입생

오늘은 내 생일이다. 그리고 나는 학교를 간다. 쩝…….
하지만 설렌다.
나는 동기들을 보러 가는 2022년 코로나 세대
22학번 신입생이니까.

○

2022.
3.
24.

정신승리

오늘은 행복한 날인 것 같아요.
여유롭게 출근해서 옷도 제시간에 맞춰 입고 나올 수 있어서,
맛있는 밥을 먹고 사람들과 웃고 떠들 수 있어서,
또 택시 아저씨의 노트에 이렇게 글도 적고 무엇을 적을까
고민하는 것까지 행복하네요.
이런 날이 또 오기가 쉽지 않을 텐데.
오늘도 이렇게 정신승리하면서 외근을 마무리합니다.

바라던 그 이야기 마음껏 써 내려가라   283

○

2022.
3.
25.

고등학생 같은 스물한 살

요즘 내가 스물한 살이라는 게 체감이 된다.
아직 나는 고등학생 같은데…….
계속되는 입시로 지치는 요즘,
이런 따뜻한 택시는 힘이 되는 것 같다.
글도 많이 써져 있는 걸 보니 사회의 온기도 아직 살아 있나 보다.
오늘 엄청 바쁜 날인데 잠깐이라도 편지를 쓰며
여유로운 순간을 갖게 된 것 같다.
"Spero Spera." 내가 숨을 쉬고 있는 한 희망은 살아 있다.
내가 제일 좋아하는 말이다.
이 택시에 타는 누군가에게 따뜻한 희망이 있길!

ㅇ

2022.
3.
26.

최고다 마술사

황금연못에 빠진 생생정보 건지러 인간극장 문을 열었더니
아침마당이 쨍하고 나타나서 나를 웃기네.
택시 기사님이 나보다 한 수 위인 것을 어찌 몰랐을까—
길 위에서 어떤 사람은 인문학을 이야기했고
길 위에서 어떤 사람은 양 떼를 몰았고
길 위에서 어떤 사람은 나와 통했네.
행복한 오늘이 이어지길 바라며 족적을 남긴다.
기사님 파이팅!

바라던 그 이야기 마음껏 써 내려가라

○

2022.
3.
28.

외할아버지께

안녕하세요. 이런 게 있는지 처음 알았네요!
평소 편지를 쓰는 것을 굉장히 좋아합니다!
무슨 말을 써야 할지 고민이 되었는데요,

2022년 1월 1일, 정말 친하게 지냈던 저희 외할아버지께
새해 인사를 하려고 핸드폰을 든 순간 어머니에게 전화가
왔습니다. 할아버지가 돌아가셨다고요. 30분만 일찍 전화할 걸
아직도 후회가 되어 3개월째 신경정신과에서 상담 중입니다.
할아버지 생각만 해도 눈물이 나요.
앞으로 누군가 또 잃게 되면 전 앞으로 어떻게 해야 할까요.
할아버지, 미안해. 사랑해.

바라던 그 이야기 마음껏 써 내려가라

○

| 2022. |
| 3. |
| 29. |

명치

명치가 아픈 게 회사 가기 싫다.
날씨도 좋은 게 회사 가기 싫다.
길들이 막힌 게 회사 가기 싫다.
오늘은 화요일 왜 화요일일까
진짜로 명치가 아픈 게
진짜 회사 가기 싫은가 보다.

○

예비 맘 Y.

너무나도 궁금한 나의 보배, 복덕아⋯⋯
아직도 내가 아기엄마라는 게 실감이 안 나지만 조금씩 어른이,
그리고 엄마가 되는 과정을 거치고 있단다.
아직 배 안에서 꼬물꼬물하지만 세상 밖으로 나왔을 땐
어떤 모습일까 너무너무 궁금하구나.
쌍둥이는 두 배로 힘들다는데 걱정도 앞서고 남부럽지 않게
키우겠다 자부해도 잘될지 모르겠다.
그 전에 아기아빠가 철부터 들었으면 좋겠구나.
세상 밖으로 나와서 이 글을 읽으면 어떤 기분일까?
책이 나오면 꼭 사서 너희에게 선물할 거야.
귀염둥이 보배, 복덕이, 무럭무럭 자라서 건강히 만나자.

o

2022.
3.
29.

어쩌다 탄 택시 승객

저는 오늘 고향인 대구를 내려갔다가 올라왔어요.
어찌나 오기 싫던지…….
옛날에 엄마가 학생 때가 좋은 거라는 말을 이해하지 못하고
얼른 크고 싶다고 어른이 되고 싶다고 했던 말들이
조금 후회스럽네요. 그때를 즐길걸 싶습니다.
취직한 지 얼마 안 된 지금 아빠가 너무 대단해 보여요.
이렇게 힘든 걸 몇 십 년 동안 가족을 위해 군말 없이 해오신 게
존경스러워요. 이제는 저도 사회의 한 구성원으로 더 열심히
노력하려 합니다. 몇 년 뒤 미래에는 오늘을 그리워할 것 같아
지금 현재를 후회 없이 살고 싶네요.
대한민국 20대 모두 행복하세요! 파이팅!

○

2022.
3.
29.

아즈아, 문가희

이제 막 취직한 사회 초년생이에요.

막 적응하느라 땀 흘리고 다리 아픈 하루네요.

지겹던 대학 생활이 얼마나 그리운지 몰라요. 그때 다 놀걸…….

저는 어린이집 선생님이에요. 열 명의 아이들 응답을 다 해주고

기저귀도 갈아주어요. 비위가 강해지고, 원래 말 많던 제가

일하고 말을 잃었어요. 그리고 제 MBTI는 ISTP인데 일하면

ESFJ로 바뀌어요. 참 신기하죠? 차차 적응 중인 초년생이 뭔가

자랑스러워요.

제 꿈은 돈 많이 버는 거예요. 이 일 잃지 않고

열심히 해서 큰돈 만져볼게요.

모든 사회인들, 아즈아!

바라던 그 이야기 마음껏 써 내려가라

○

에필로그

이야기가 만드는 기적

맑은 날에도 흐린 날에도 길 위를 달리는 명업식입니다.

첫 번째 책 『길 위에서 쓰는 편지』가 세상에 나온 이후 제 인생에는 놀라운 일들이 일어났습니다. 택시에서 2200여 승객분들이 편지를 써주신 덕분에 tvN 예능 프로그램 <유 퀴즈 온 더 블럭>에 출연하여 유재석, 조세호 님과 살아온 이야기를 나누며 행복한 시간을 보냈습니다. 처음 승객분께 노트를 건네던 순간이 아직도 기억에 선명한데 어느새 수많은 승객분들의 이야기가 쌓여 제 인생에 이런 기적을 만나게 되다니 아직도 얼떨떨하기만 합니다. 며칠 전에는 일본에서 온 젊은 여자 손님 네 분이 알아봐주셔서 같이 반가워하며 덩달아 신이 났던 일도 있습니다.

손님들이 저를 알아보고 응원해주실 때마다 마음이 따뜻해지고 지친 일상을 살아가는 데 힘이 되었습니다. 무엇보다 글을 쓰고 나면 기분이 좋아진다고 한결 가벼워진 표정으로 말해주시는 손님들을 보면 이루 말할 수 없이 행복했습니다. 고단한 삶의 무게를 짊어진 승객분들이 잠시나마 무거운 마음의 짐을 내려놓기를 바라며 노트를 건네드렸기 때문입니다. 이 자리를 빌려 마음을 나눠주신 승객분들께 정말 감사하다는 인사를 드립니다.

올해 12월이면 길 위를 달린 지도 5년 1개월이 됩니다. 처음에는 3년만 하려고 택시 운전을 시작했는데 어느새 시간이 훌쩍 흘렀네요. 택시도 정년이 있어서 올해 12월이면 제가 정년이 되는 터라 내년에는 택시를 멈추려고 합니다. 새해부터는 오랫동안 하고 싶었던 서예를 배우려고요. 벌써 친구에게 화선지 한 박스를 선물 받았고, 벼루는 30년 전에 집사람이 마련해주었습니다.

돌이켜보면 나름대로 열심히 살아왔지만 인생은 늘 종잡을 수 없는 방향으로 흘러갔고 예상하지 못한 일들의 연속이었습니다. 소중한 사람을 먼저 보내는 슬픈 일도 있었고, 승객분들 덕분에 방송에 출연하는 멋진 일도 있었지요. 앞으로도 지금처럼 즐거운 기억으로 힘든 순간들을 지워가며 살아가려 합니다. 저마다 사연이 있고 아픔이 있겠지만, 오늘도 다시 한 번 기운 내시고 힘찬 하루 보내시길 바라겠습니다. 감사합니다.

To.

길 위에서 쓰는 편지 | 두 번째 이야기

1판 1쇄 인쇄 2023년 11월 15일
1판 1쇄 발행 2023년 11월 29일

지은이 길 위에서 만난 승객들
엮은이 명업식
펴낸이 김영곤 펴낸곳 (주)북이십일 아르테

책임편집 원보람 외주편집 이승학
디자인 vergum
문학팀 김지연 권구훈
출판영업본부장 한충희
마케팅팀 나은경 정유진 박보미 백다희 이민재
출판영업팀 최명열 김다운 김도연
제작팀 이영민 권경민

출판등록 2000년 5월 6일 제406-2003-061호
주소 (우 10881) 경기도 파주시 회동길 201(문발동)
대표전화 031-955-2100 팩스 031-955-2151 이메일 book21@book21.co.kr

ISBN 979-11-7117-183-5 (03810)
아르테는 (주)북이십일의 문학 브랜드입니다.

(주)북이십일 경계를 허무는 콘텐츠 리더

북이십일 채널에서 도서 정보와 다양한 영상자료, 이벤트를 만나세요!
인스타그램 instagram.com/21_arte 페이스북 facebook.com/21arte
홈페이지 arte.book21.com 포스트 post.naver.com/staubin